KB260880

金始原 제3수필집

풍다 風多의 사랑에 흔들리는 능수매화

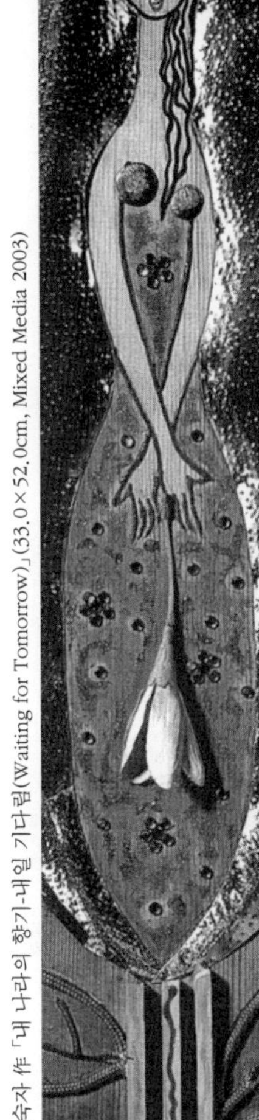

한누리미디어

국립중앙도서관 출판시도서목록(CIP)

풍다의 사랑에 흔들리는 능수매화 : 김시원 제3수필집 / 지
은이 : 金始原. — 서울 : 한누리미디어, 2007
  p. : cm

ISBN 978-89-7969-312-6 03810 : ₩10000

814.6-KDC4
895.744-DDC21   CIP2007002783

序

문학은 인간의 영원한 삶의 둥지다.

문학은 인간의 삶의 역할을 담당해야 한다.

문학의 기능은 인간의 사상思想과 철학哲學을 바꿔 놓아야 한다.

문학은 일희성의 달콤한 미각味覺이나, 모르핀 같은 몽롱朦朧에 도취되게 하여서는 안 된다.

시詩, 소설小說, 수필隨筆 등, 어느 한 편으로도 인간사회人間社會가 조금이라도 바꿔지는 약효성藥效性이 있어야 한다는 것이 나의 생각이다.

문학이 중요한 것은, 학문學問과 서로 다른 점이다.

문학은 예술藝術이다.

문학의 내용은 인간사회의 개혁성改革性이 있어야 하고, 보다 새로운 꿈이 이뤄져야 한다.

문학의 표현은 아름다운 미학美學이 그 생명生命이다. 그러기 때문에 어제의 문학은 박물관博物館에 소장所藏되는 골동품骨董品이 되어진다는 속설이 되고, 새로운 창조創造가 오늘의 문학이라고 생각

風多의 사랑에 흔들리는 능수매화

된다.

문학인文學人들의 마음과 정신精神은 서로 다른 생각일 줄 믿는다. 그러나, 역사적歷史的 발전의 현실現實은 그렇지 못한 속도인 것 같다.

D신문에 의하면, 과학과 문학의 거리는 너무나 멀리 떨어져 있다는 생각을 갖게 한다.

나사NASA의 발표에 의하면, 5만 광년 떨어진 '궁수자리 별'이 '천문 관측 이래 최대 우주폭발'을 발견했다는 소식이다. 이 별은 폭발 당시 태양이 15만 년 동안 방출하는 양보다 많은 에너지를 0.1초 만에 발산한 것으로 추정된다는 것을 알아낸 것이다. 이 폭발은 지구에서 약 5만 광년 떨어진 궁수좌에 있는 중성자 별, 'SGR 1806-20'의 표면에서 일어났다는 것이다. 이 별은 지구에서 태양까지 거리보다 약 30억 배 떨어져 있다고 한다.

이처럼 과학은 앞서가고 있다는 것을 알 수 있는데, 문학은 과학 앞에서 할 말을 잃은 부끄럼이 느껴지는 것 같다.

아직까지도 깜짝깜짝 놀랄 만한 문학 소식은 들리지 않고 있는 실정이다.

그러나, 문학과 과학은 다른 것이 아니던가.

문학은 앞에서 말했듯이 인간의 사상과 철학을 바꾸어 놓고, 그에 따르는 정치 경제 사회 문화 모든 면에서 혁명성이 되어져야 한다는 것을 말할 수 있는 것이다.

그 밖에 정치권력의 본질성이나, 권력 구조적 윤리성까지도 혁명성의 본질은 문학의 힘에 의해서 그 인간성 본질本質에 좌우되어져야 한다는 것도 생각을 갖게 한다.

이러한 생각을 하게 될 때, 과학科學이 아무리 앞서 가도, 인간성의 타락이나, 파괴성이 만연된다면, 인간의 삶의 둥지를 상실하게 되는 것이 아닌지? 생각해 볼 일이다.

한 편의 문학이 없이는 과학도 정치도 일모의 가치가 없는 것이 아닌가 하는 생각을 가져야 한다고 본다. 인류의 역사가 그를 증명해 주고 있는 것으로 보아도 무리無理가 아닐 것이다.

風多의 사랑에 흔들리는 능수매화

끝으로 내가 문학을 하는 목적과 이유도 이러한 생각에서 정력精
力을 다 쏟고 있는 것이다.
  그러면서도 문학은 내용만이 아니라, 표현表現을 위한 치열한 싸
움이라고 생각한다. 표현의 새로운 혁명 없이는 무의미하게 흐르
기 때문이다.
  문학은 인류人類의 꿈이요, 이상理想이며, 영원한 삶의 둥지가 되
는 것도 그런 이유에서다.
  나의 문학이 스스로가 부끄러움이 없도록 앞으로 더욱 꾸준히
노력할 것을 독자 앞에 다짐한다.

2007년 9월 1일

경기도 고양시 일산에서
金 始 原

차례 | 풍다風多의 사랑에 흔들리는 능수매화

차례 | 풍다風多의 사랑에 흔들리는 능수매화

1부

풍다_{風多}의 사랑에 흔들리는 능수매화

남편은 나보다도 더 심한 능청이가 되어 제주의 풍다風多로 풍선처럼 떠다녔다. "고창 선운사禪雲寺에 가면, 상사화相思花가 있는데, 색은 붉고, 암벽을 타고 오르면서 꽃이 피는데, 제주의 능수매화는 꽃비로 흩뿌리는 듯이 한층 멋쟁이구만, 분위기가 시적詩的인데……." 속삭이듯 귓전을 맴도는 소리에 뒤돌아보니, 아무도 없고, 한참 만에 눈에 띈 남편은 젊은 여인女人들의 곡선미曲線美에 시선이 가 있었다. 하기야 풍다風多, 여다女多, 석다石多, 삼다도三多道의 제주에 왔는데, 기왕 왔으니, 눈요기로나마 실컷 즐겨보라지……. 한참 만에 제주의 하늘이 내 눈에 들어왔다.

풍다風多의 사랑에 흔들리는 능수매화

능문능필能文能筆의 신비神秘!

능라금수綾羅錦繡의 화폭畵幅!

자연의 신비인가. 신神의 장난인가.

하늘에서 내리는 능청부리는 꽃비.

이곳이 제주시 한림읍 협재리 '한림공원' 이라네.

1996년, 우리 부부가 제주에서 사는 부부문인 오영태 수필가와 엄영자 시인의 초대를 받아 갔을 때, 마음을 빼앗긴 능수매화 꽃밭이다.

기가 막혀서! 위를 올려다보니, 능수매화가 꽃비처럼 내려와 내 눈빛을 어르고 있었다.

처음으로 느껴보는 환희였다.

드문드문 서 있는 둥구나무를 에두른 능수매화 가지는 길게 늘어져 깔깔대는 웃음이다가 기쁨에 겨운 흐느낌이었다.

제주 햇살에 번득이는 능수매화의 율격律格은 한시漢詩의 명작이요, 바닷바람에 능청거림은 대자연의 세레나데였다.

사람의 마음을 순간적으로 파격破格시키는 솜씨 또한 능소능대能
小能大로 실신失神거리게 하였다.
문득 바닷바람에 묻어 오는 이수익의 시詩 〈옛집〉이 떠올랐다.

"늙은 퇴기退妓 흰 모시옷 입고/ 서늘하게 툇마루에 나앉아 있다/
몸은 노쇠했지만 젊은 날의 법도法度는/ 고스란히 남아 기품을 이
룬/ 저 깨끗한 노후老後의 절제節制 위에/ 퇴락한 고가古家 한 채 서
있다"

내게 이러한 시상詩想을 떠올리게 하는 것은, 퇴기退妓의 법도法度
와 절제節製가 어쩌면 능수매화의 노련한 이미지에서 느껴지는 환
유법換喻法 시상詩想일지도 모르기 때문이다.
능수매화를 뒤로 하고 떠나는 사람들에게 능놀다 가라는 듯 부
드러운 손짓과 잔잔한 미소는 옛 품격 높은 기녀妓女들의 풍모였
다.

風多의 사랑에 흔들리는 능수매화

나는 이런저런 생각에서 한동안 서 있었다.

남편은 나보다도 더 심한 능청이가 되어 제주의 풍다風多로 풍선처럼 떠다녔다.

"고창 선운사禪雲寺에 가면, 상사화相思花가 있는데, 색은 붉고, 암벽을 타고 오르면서 꽃이 피는데, 제주의 능수매화는 꽃비로 흩뿌리는 듯이 한층 멋쟁이구만, 분위기가 시적詩的인데……."

속삭이듯 귓전을 맴도는 소리에 뒤돌아보니, 아무도 없고, 한참 만에 눈에 띈 남편은 젊은 여인女人들의 곡선미曲線美에 시선이 가 있었다.

하기야 풍다風多, 여다女多, 석다石多, 삼다도三多道의 제주에 왔는데, 기왕 왔으니, 눈요기로나마 실컷 즐겨보라지…….

한참 만에 제주의 하늘이 내 눈에 들어왔다.

한국의 하늘은 세계적인 자랑이라는데, 제주의 하늘은 한국의 하늘 중 하늘이었다. 손끝만 대도 금방 푸른 물이 주루룩 쏟아질 것 같은 제주의 샛푸른 하늘, 그 하늘 아래 능수매화의 흩뿌리는 꽃비는 내 마음을 '둥! 둥!' 어디론가 떠내려가게 하고 있었다.

청풍淸風으로 살랑대는 제주도의 꽃바람! 바다처럼 샛푸른 제주도의 하늘! 멀리서 취해 있는 수평선水平線! 그 사이사이에서 능청거리는 능수매화의 운률韻律!

오늘은 나도 이 아름다운 '한림공원'에서 한껏 취해 보는 행운의 날이었다.

정녕, 내 가슴에 영혼으로 기억될 능수매화는 신곡神曲으로 울리는 듯한 율격과, 풍다風多의 연정戀情에 흔들리는 사랑법法을 감지하는 날이 되었다.

風多의 사랑에 흔들리는 능수매화

코스모스 4만평의 코러스

음악은 물론이요, 모든 예술藝術은 바닥에 애수哀愁가 깔려야만 명작名作이라고 주장하는 이론理論에 수긍이 간다. 코스모스가 아름답게 느껴지는 것도, 그 바닥에 애수哀愁가 깔려 있기 때문이 아닌가. 멀리 보이는 코스모스 꽃밭 속에 원두막 두어 채가 고향의 향수를 느끼게 한다. 그 너머로 관광객 두세 사람이 코스모스에 취해 사랑을 속삭이는 모습 또한 아름다운 수채화水彩畵로 보인다. '토평동 한강 둔치'에 만발한 코스모스 4만평의 코러스는 경기도 구리시의 자랑이요, 승리勝利로운 가을 깃발의 슬픈 펄럭임일 것이리라.

風多의 사랑에 흔들리는 능수매화

코스모스 4만평의 코러스

말문이 막히는 코스모스 4만평!
걷잡을 수 없이 뛰는 심장!
이곳이 경기도 구리시의 '토평동 한강둔치' 라네.
2005년 9월 10일부터 이틀간 '코스모스 축제' 가 열렸다.
나는 코발트빛 하늘 속으로 치솟는 종달새가 되어진다.
가을바람에 사르르 사르르 일렁이는 백채홍白彩紅의 파도! 그 누가 속마음을 풀어놓지 않겠는가?

아무리 정신을 차리려 해도, 어쩔 수 없는 몽롱한 미학美學에, 나는 말문이 막혔다. 콧노래마저 멎었다. 이럴 때, 시인詩人이 탄생한다는 생각이 머릿속에 먼동으로 트여왔다.

발끝마다 코스모스 꽃길이요, 무릎마다 코스모스 꽃무덤이라, 가슴마다 코스모스 파도, 아스라이 코쇠처럼 아롱대는 화평선花平線, 나는 한참동안을 오도 가도 못하는 장승이 되었다.

이렇게 아름다운 코스모스 4만평의 코러스인데, 왜 비창곡悲愴曲으로 느껴지는 것일까.

문득, 어느 시인의 시 한 구절이 떠올랐다. 코스모스는 폐병을 앓는 여인이 객혈喀血 하는 얼굴빛 같다는……. 그래서 그 아름다움이 눈물나도록 애절하게 보이는지도 모른다. 그래서 코스모스는 슬픈 마음이 출렁이는 파도인지도 모른다.

시간과 공간적으로 볼 때, 가을이라는 계절과, 원산지인 멕시코에서 온 이국적異國的 정서와, 흰색, 분홍색, 자주색 등, 여러 가지 색깔의 두상화頭狀花로 서로 애타심愛他心을 느끼게 하는 꽃이 아닌가 생각해 보게 된다.

음악은 물론이요, 모든 예술藝術은 바닥에 애수哀愁가 깔려야만 명작名作이라고 주장하는 이론理論에 수긍이 간다.

코스모스가 아름답게 느껴지는 것도, 그 바닥에 애수哀愁가 깔려 있기 때문이 아닌가.

멀리 보이는 코스모스 꽃밭 속에 원두막 두어 채가 고향의 향수를 느끼게 한다. 그 너머로 관광객 두세 사람이 코스모스에 취해 사랑을 속삭이는 모습 또한 아름다운 수채화水彩畵로 보인다.

‘토평동 한강둔치’에 만발한 코스모스 4만평의 코러스는 경기도 구리시의 자랑이요, 승리勝利로운 가을 깃발의 슬픈 펄럭임일 것이리라.

때가 되면, 주변 사람들에게 코스모스 4만평의 코러스에 취해 보기를 권하고 싶은 마음이다.

지금도 내 가슴은, 코스모스 4만평의 코러스에 온전히 마음을 던져 버리고 싶은 기분이다.

코스모스는 멕시코에서 한국으로 이민移民 온 멋쟁이 귀화歸化 족속族屬이다.

코스모스는 내 마음 속에서 애수哀愁의 세레나데로 살고 있는 슬픈 연인戀人이다.

그때 그 시절
— 산벚꽃 필 무렵

어언, J와 나는 문학을 즐기는 대화로 좋은 친구가 되었고, 해마다 산벚꽃을 찾아다니가 어느 사이에 가슴 속에 지남철이 들어앉았다. 전주천 물이 맑게 흐르고, 하늘이 슬프도록 아름다운 4월 어느 날 밤에, 신흥학교 뒷산 산벚꽃을 찾아 나섰다. 그곳에는 우리가 유달리 좋아하던 가장 오래된 산벚꽃 나무가 있었다. V자 모양으로 키가 훌쩍 25m에 이르는 큰 나무다. 보름달이 눈이 시리게 비쳐주는 산벚꽃에 취해 우리는 감탄을 연발하면서, V자 나뭇가지에 기대서서 밤이 이슥하도록 이야기가 끊일 줄을 몰랐다.

그때 그 시절

— 산벚꽃 필 무렵

사춘기에 이른 산자락! 산벚꽃 반사로 4월의 하늘이 불그레한 미소로 내 마음을 울렁거리게 하던 그 산벚꽃 필 무렵을 나는 잊을 수가 없다.

내가 사춘기 때, 봄이 오면, 전주 완산칠봉이나, 다가산 일대 산자락은 온통 산벚꽃으로 눈이 부셨다.

전북 도청에 다닐 때다. 토요일 오후, 같은 사무실에서 근무하던 친구 김영순 양과 함께 완산칠봉 산벚꽃을 찾아 나섰던 추억이 아직도 눈에 선하다. 영순이는 가끔 영시英詩를 손수 번역하여 나에게 보여주기도 했다.

어느 토요일, 완산칠봉 산벚꽃을 찾아 완산초등학교 앞을 지나갈 때다. 얼마쯤 걸어가는데, 인기척에 뒤돌아보는 순간 '찰칵!' 싱긋이 미소를 보내며 도청출입기자 L씨의 카메라에 인화될 뻔했던 기억이 새삼 떠오르기도 한다.

한참 예쁜 나이, 우리들의 얼굴빛보다도 한결 아름다운 엷은 홍색 산벚꽃은 산형화서繖形花序로 피어 절세가인絶世佳人이 무색했다.

산벚꽃의 절정에 기가 꺾인 친구와 나는 때로 도청회의실 한켠에서 탁구를 즐기기도 했다. 그렇게 2년 남짓 우리는 깊은 우정에 빠져 있었다.

그러던 어느 날, 영순이는 갑자기 이화여자대학교 영문과에 입학하여 서울로 떠났다. 나는 청천벽력 같은 충격으로 신음신음 가슴을 앓다가,

"그래? 그럼 나도 가야지."

작심을 하고, 원광대학에 적籍을 두게 되었다.

지금은 고인이 된 지 수십 년이 되었지만, 시인 이동주李東柱 선생의 시론詩論 강의를 비롯하여, 이학영李學榮 교수에게 소설작법 지도를 받았던 나의 문학수업 시대가 새삼 가슴 뭉클하다.

그 후, 산벚꽃 필 무렵이면, 나는 외기러기가 되어 쓸쓸하기만 했다. 그러던 어느 날, 흑기사가 나타났다. 연상의 남자 친구 J를 알게 되었다.

산벚꽃 필 무렵, 내 친구 영순이 대신 J와 함께 시간을 많이 갖

風多의 사랑에 흔들리는 능수매화

게 되었다. 그 때만 해도 1950년대 후반이어서 전주는 친환경 도
시로 청정공기에 하늘이 유리알처럼 맑았다.

완산칠봉 오르는 길은 좁다란 오솔길이었고, 신흥학교 뒷산으
로 가는 길은 풀어진 허리끈 같은 언덕으로 넘어가는 샛길이 즐거
웠다.

J는 매일같이 퇴근시간 5분 전이면, 만나자는 사연을 꽃잎이나
비행기 모양으로 접은 메모지를 보내거나, 전화가 빗발쳤다. 친구
영순이가 빠져나간 멍 뚫린 가슴에 J가 메꾸어 가고 있었다.

매일처럼 퇴근 후에는 제과소製菓所에서 만나고, 노을이 지면 중
국집 '경회루'에서 저녁을 먹고, 외상장부에 달아놓고, 극장이나
산책에 나섰다. 어쩌다 하루만 통신이 두절되면, 퇴근시간이 허전
하여 불안과 초조감에 싸였다.

어언, J와 나는 문학을 즐기는 대화로 좋은 친구가 되었고, 해마
다 산벚꽃을 찾아다니다가 어느 사이에 가슴 속에 지남철이 들어
앉았다.

전주천 물이 맑게 흐르고, 하늘이 슬프도록 아름다운 4월 어느 날 밤에, 신흥학교 뒷산 산벚꽃을 찾아 나섰다. 그곳에는 우리가 유달리 좋아하던 가장 오래된 산벚꽃 나무가 있었다. V자 모양으로 키가 훌쩍 25m에 이르는 큰 나무다.

보름달이 눈이 시리게 비쳐주는 산벚꽃에 취해 우리는 감탄을 연발하면서, V자 나뭇가지에 기대서서 밤이 이슥하도록 이야기가 끊일 줄을 몰랐다. 특히 J는 이야기가 많았다. 어떻게 그런 많은 이야기가 별처럼 쏟아지는지, 듣고 있노라면, 금세 달콤한 영화 한 편이 스쳐가곤 했다. 그 때만 해도, 평화로운 시대로 밤늦게까지 데이트가 자유로운 시절이었다.

그 날, 우리는 오래도록 사랑의 이야기로 발전되어 분위기는 사뭇 깊은 강물처럼 흘렀다. 달은 휘영청 밝고, 인기척도 뜸했다. 서로가 말없는 사이에 가슴 속에서 지남철 기운이 바늘에 닿아 작동하려는 듯한 위태로운 찰나, 나는 파르르 떨리는 굳은 심장으로 V자 산벚꽃 나무 가지에 등을 기대고, 준비된 힘으로 지남철 기운을 차단, 또는 보류하기에 온갖 지혜를 동원하곤 했다.

내 친구가 서울로 떠난 그 이듬해 가을밤이었다.

밤기러기가 전주 하늘에 찾아왔다. 산벚꽃 필 무렵, 봄 하늘에서는 기러기가 북중학교 하늘쪽으로 날아갔는데, 그 때 밤기러기의 비상을 보며, 내가 비극의 상징적 이야기를 하자, J는 밤기러기에 대한 이야기를 자상하게 들려주었다.

"기러기는 기쁜 소식이나, 슬픈 소식을 입에 물어다 전달하는 상징적 철새"라 했고, 밤기러기는 이별의 상징이라 말하기도 했다.

"한국에는 가을에 왔다가, 봄에 북쪽으로 떠나가는 철새" 라고 말하면서 슬픔과 기쁨이 오가는 밤기러기 이야기로 밤이 깊어갔다.

J는 기러기에 대한 애절한 이야기를 덧붙였다.

박목월의 시 〈이별의 노래〉에서는 "기러기 울어예는 하늘 구만 리……"라 했고, 조선 후기, 이정보의 시조에서는 "외기러기 소리에 잠 못 이뤄 하노라" 했는데, 마치 그날 밤 전주 하늘을 날아가는 밤기러기를 보고 읊은 시詩 같아 마음은 더욱 물결처럼 흔들렸고, 애정愛情은 수심水深처럼 깊어갔다.

우리는 그렇게 산벚꽃 필 무렵에 만난 인연으로 지금까지 잘 살고 있다.

해마다 4월이면, 산벚꽃은 엷은 홍색으로 우리의 사랑을 상징하듯 아름답게 피워주고, 6월이면 사랑의 결실처럼 핵과로 검게 여물어서 이웃들에게 기쁨을 주고 있지 않은가.

앞으로 산벚꽃 필 무렵이 오면, 좋은 날 받아서 전주 신흥학교 뒷산을 찾아 나설 것이다. 그때 그 시절, 우리들의 사랑이 자라던 그 V자 산벚꽃 나무가 아직도 그대로 보존되어 있는지 꼭 한 번 찾아갈 것이다.

風多의 사랑에 흔들리는 능수매화

라일락 향기 조명 속에서

하늘에는 크고 작은 별들이 보석처럼 깔려 여기저기에서 소곤소곤
강선마을 이야기를 속삭이는 듯싶었다. 일산 밤하늘이 이렇듯 맑은
것은, 아마도 '호수공원'의 물빛 때문이 아닌가 싶었다. 아침에 눈
을 뜨자, 방안에는 창문 사이로 스며든 라일락 향기로 그윽했다. 현
관문을 열고 나가, 어젯저녁 비쳐주었던 라일락 향기 조명등을 찾
았다. 이슬에 젖은 보랏빛 조명등은 꺼질 줄 모르고, 아침 바닷가
밀물처럼 발등까지 라일락 향기로 찰싹거리고 있었다.

風多의 사랑에 흔들리는 능수매화

라일락 향기 조명 속에서

어디선지 샤넬 향기가 코에 스몄다.

내가 마음 속으로 빙그르르 웃는 순간, 벌써 남편도 만면滿面에 미소를 흘리면서, "무슨 냄새지? 아주 좋은데, 이사 잘 왔네……." 상쾌한 감탄사를 연발했다.

기분 좋아하는 남편 음성은 마치 라이트 뮤직처럼 흥을 돋우었다.

오늘은 우리가 경기도 고양시 일산구 강선마을 908동 104호로 이사하는 날이다.

아들, 며느리, 큰딸, 작은딸, 다 함께 짐을 풀고 정리를 하는 동안 어언 해읍스름한 5월의 일몰日沒에 보랏빛이 반사되고 있었다.

빛이 반사되는 베란다 쪽을 자세히 바라보니, 내 키를 훌쩍 넘는 라일락꽃 나무가 보랏빛 조명등照明燈으로 환하게 비쳐주고 있었다.

가느다란 가지 끝에 보랏빛 송이송이가 바람에 흔들릴 때마다 향기가 진동 했다. 5월의 어스름 저녁을 밝히는 보랏빛 방향芳香이다.

　흐음~ ! 샤넬5가 으뜸이기로 라일락 향기에 비하랴!

　자연의 향기! 은은한 라일락꽃 향기가 우리보다도 먼저 방안에 가득했다.

　하늘에는 크고 작은 별들이 보석처럼 깔려 여기저기에서 소곤소곤 강선마을 이야기를 속삭이는 듯싶었다.

　일산 밤하늘이 이렇듯 맑은 것은, 아마도 '호수공원'의 물빛 때문이 아닌가 싶었다.

　아침에 눈을 뜨자, 방안에는 창문 사이로 스며든 라일락 향기로 그윽했다. 현관문을 열고 나가, 어젯저녁 비쳐주었던 라일락 향기 조명등을 찾았다.

　이슬에 젖은 보랏빛 조명등은 꺼질 줄 모르고, 아침 바닷가 밀물처럼 발등까지 라일락 향기로 찰싹거리고 있었다,

　나는 너무나 기분 좋은 아침을 맞이했다.

　정원 한 바퀴를 돌았다.

뒷문 계단階段 입구쪽에도 라일락 보랏빛 조명등이 아침까지 환하게 밝혀주고 있었다.

베란다 너머 작은 화단에도 온통 라일락꽃 보랏빛 향기가 흥건하게 흐르고 있었다.

아침이 되어 동남간東南間 베란다 쪽 창문을 열면, 라일락 향기가 방안으로 밀물처럼 달려 들어오고, 동북간東北間 현관문을 열면, 베란다 쪽으로 라일락 향기가 썰물처럼 빠져 나간다. 어쩌다가 이렇게 환경이 좋은 곳으로 이사를 하게 되었는지, 나는 꿈속 같은 기쁨에 온몸에서 라일락 향내가 해일을 이루고 있는 듯싶었다.

아파트 정원에는 비교적 조경造景이 잘 되어 있다. 앞뒤로 적당한 크기의 어린이 놀이터가 아름답게 꾸며져 있다. 철쭉꽃이 무리무리 자태를 뽐내고, 그네, 미끄럼틀, 철봉, 시소게임이 있어, 우리 외손녀 김영아(7)와 외손자 김민섭(5)은 날마다 흙강아지가 되어 하루해를 보내고 있다.

나는 만나는 사람마다 우리 집 자랑을 했다. 라일락 향기 속에 잔잔한 보랏빛 꽃무리의 밀어密語들이 나에게 기쁨을 속삭이고, 라일락꽃 환희의 갈채喝采 속에서 나날을 보내고 있다고.

　오늘 아침에도 5월의 공주公主 라일락꽃 보랏빛 향기가 창문을 열고 살며시 들어와 내 마음을 즐겁게 하고 있다.

　외출에서 돌아와 계단 앞에 이르면, 라일락꽃잎이 내 어깨를 '툭! 툭!' 치며, 미소짓는다. 그 미소는 라장조長調 라이트 뮤직 같은 기분으로 나를 반긴다.

　나는 요즈음, 라일락 향기 속에서 보랏빛 조명을 받으며 나날을 보내게 된 것이 마냥 행복하기만 하다.

風多의 사랑에 흔들리는 능수매화

천관산 억새꽃

남이 하면 간통이요, 내가 하면 사랑이라는 말이 귀에 익숙하지 않던가. 사랑과 간통은 어떻게 다른가. 나는 그 개념을 모른다. 그러기 때문에 억새와 바람의 간통이, 절경과 절정으로 보이는 것을 어찌할 것인가. 이따금 신神들이 내려와 놀다 가는 보금자리, 속인俗人들의 힘으로는 어쩌지도 못하는 대자연大自然의 탈선脫線이 아니던가. 이 세상에 도덕, 윤리, 종교, 교과서만 있다면, 천관산 억새꽃밭이 왜 생겼겠는가. 도덕에 실패한 자, 윤리에 실패한 자, 종교에 실패한 자, 교과서를 배반한 자, 그들이 있기 때문에, 천관산의 억새꽃은 해마다 피고지고 처량하게 고개를 숙이고 있는 것이 아니던가.

風多의 사랑에 흔들리는 능수매화

천관산 억새꽃

속으로 우는 것은 사랑!

몸으로 우는 것은 억새!

내 마음 속에 그윽한 울음은 사랑과 억새다.

그윽한 내 울음은 뼛속에서 울리는 종소리 같은 것이기 때문에 아무 때나 울지 않는다.

누가 종소리를 싫어하랴마는, 나는 이따금 종소리에 내 몸이 녹아드는 때가 있다.

천관산에서 몸으로 우는 억새꽃은 생애에 한 번은 꼭 듣고 싶은 울음이다.

40만 평의 울음소리, 아니, 40만 평의 종소리, 이곳이 전남全南 장흥 천관산 억새꽃밭이다.

천관산 가을 아침 황금물결은 억새꽃 울음을 잠재우는 엔도르핀endorphin인가, 아니면, 서러운 울음을 터트리게 하는 모르핀morphine인가, 내가 보고 싶은 신神의 요람이다.

이곳은 '득량만' 너머 '고흥반도' 위로 해가 솟는 곳, 득량만 바다가 넘실대다 못해, 그만 역류하는 곳, 이곳이 신神들도 보고 싶어하는 천애의 절경이 아니던가.

억새꽃은 슬픈 영혼을 기다리는 요람이다.

억새꽃은 실연失戀 당한 상처난 사랑을 기다리는 자살처自殺處인지도 모른다.

억새는 해와 달을 비쳐주는 신神의 거울이요, 신神의 울음이요, 피를 토하는 몸부림이리라.

사랑에 실패한 자여! 천관산 억새밭으로 가라!

사업에 실패한 자도, 천관산 억새밭으로 가라!

억새는 슬픈 사람의 눈물을 머금고 살아야 한다.

그래서 스산한 바람과 남 몰래 간통을 하고 있는지도 모른다.

남이 하면 간통이요, 내가 하면 사랑이라는 말이 귀에 익숙하지 않던가. 사랑과 간통은 어떻게 다른가. 나는 그 개념을 모른다. 그러기 때문에 억새와 바람의 간통이, 절경과 절정으로 보이는 것을 어찌할 것인가.

風多의 사랑에 흔들리는 능수매화

　　이따금 신神들이 내려와 놀다 가는 보금자리, 속인俗人들의 힘으로는 어쩌지도 못하는 대자연大自然의 탈선脫線이 아니던가.

　　이 세상에 도덕, 윤리, 종교, 교과서만 있다면, 천관산 억새꽃밭이 왜 생겼겠는가.

　　도덕에 실패한 자, 윤리에 실패한 자, 종교에 실패한 자, 교과서를 배반한 자, 그들이 있기 때문에, 천관산의 억새꽃은 해마다 피고지고 처량하게 고개를 숙이고 있는 것이 아니던가.

　　쏟아지는 햇살 앞에서는 고개를 숙이고, 돌아서면 울고, 아른대는 달빛 앞에서는 몸을 휘젓는 통곡, 이렇게 눈물과 서러움을 먹고 사는 억새는 어쩌면 신神의 애인인지도 모른다.

　　천관산의 억새밭은 모든 사람들을 낯가리지 않고, 애타게 손을 흔들며 반기는 곳, 언젠가 꼭 한 번 가보고 싶은 요람이다.

　　다도해를 눈앞에 놓고, 산 아래 600여 개의 돌탑과, 54명의 시비詩碑와 문학비文學碑가 서 있는 명승지 천관산 억새꽃은 지금도 나를 기다리고 있을 것 같은 생각만 든다.

2부

꼭 한 번 가고 싶은 타이티섬

산호가루로 펼쳐진 하얀 활주로滑走路는 연인이 기다리는 마음의 활주로이리라. 연인을 찾아가는 정열의 활주로이리라. 그 하얀 활주로 위 발그스레한 노을빛에 눈물나도록 아름다운 이 비경秘境을 보고, 어느 누가 미치지 않겠는가.

꼭 한 번 가고 싶은 타이티섬

고무풍선처럼 '붕!' 뜬 것 같은 분위기가 감도는 아침이다.

때마다 주방에서 수고하는 며늘아기, 수필 쓰는 김여림金如林의 표정에서 행복한 하루가 시작된다.

구수한 된장찌개를 끓이며, 솜씨를 뽐내는 며늘아기 눈빛이 어찌나 청순한지 맑디맑은 사슴 같다.

나는 행복한 마음으로 거실에서 신문을 뒤적이다가 〈세계의 비경〉 '타이티섬'에 풍덩 빠졌다.

"그 섬엔 말로 못할 노을이 있었다."

하도 아름다워서 스크랩을 해놓았다.

현지現地를 가보지 않은 처지에서 수필을 쓴다는 것은, 마치 독서 감상문 같은 느낌이고, 자칫 표절의 시비에 말려들까 심히 망설여졌지만, 신문新聞의 발행 목적은, 현지를 가보지 못하는 환경의 독자에게 가본 곳처럼 생생하게 알려주기 위한 것이 아닌가 하는 생각이 들었다.

이러한 지구상의 세계적 풍조가 '노마디즘'이라는 말도 있지 않은가.

타이티섬의 해넘이는 빨갛게 물들여 놓은 태양太陽의 연가戀歌로 떠올랐다. 대자연大自然의 숭고한 해넘이에서 '카누Canoe'를 저어 질주하는 석양의 신비감神秘感!

화가 폴 고갱(1848 ~ 1903)은, 이 섬을 "고성古城 같다"고 했다 한다.

불그스름한 노을 속에 '카누Canoe'의 쾌주快走는 얼마나 비경秘境인가.

카누canoe는 타이티섬의 노을빛 심장으로 뛰고 있어 보였다.

카누는 내 심장의 맥박이 빨라짐을 느끼고 속도를 줄이는 듯하다. 마치 바다의 정물화靜物畵처럼 보였다.

화산火山 폭발로 수면에 드러난 타이티섬은, 무려 118개, 5개 군도群島로 된 섬이다.

유럽대륙에서 러시아를 제외한 큰 면적이라고 한다.

타이티섬은 118개 섬 중 그 하나라고 한다.

이 모든 섬의 국가 명칭은 '프랑스령 폴리네시아'이며, 이 섬의 수도首都는 '파페에터'이다.

'파아아 국제공항'에서 이륙한 제트프롭 항공기航空機에서 내려다보이는 신비한 바다 풍경은 또 얼마나 가슴 설렘인가.

5분 만에 이르게 되는 '모레아섬'은 〈반지의 제왕〉이라는 영화映畵를 탄생시킨 기상천외奇想天外한 산악 풍광이 사람들의 시선을 미치게 한다는 것이다. 기사를 읽을수록 불그무레한 타이티섬의 노을이 나를 사로잡았다.

이렇게 미친 기氣가 발작할 때, 느닷없이 가방 하나 들고, 공항空港으로 뛰쳐나가는 시인詩人들의 그 신분身分과 자유自由와 용기勇氣가 부러워지는 아침이다.

한숨 돌리고, 설레는 가슴을 억누르며, 신문 기사에 계속 빠졌다.

"노을 너머 보라보라섬은 스노클링 천국"이며, 118개 섬 중에서도 가장 황홀하다는 것이다.

보라보라섬은 산호 띠에 감금監禁된 형국으로 타이티로부터 45 분 거리라 한다.

보라보라섬은 산호 띠를 위해 바다 속에서 살고 있는 것인지? 아니면, 산호 띠가 보라보라섬을 위해 세월을 보내고 있는 것인 지, 그 대자연의 신비神秘로움은 아무도 모르리라.

보라보라섬의 벌그무레한 노을빛은 시간이 갈수록 나의 눈시울 을 뜨겁게 하고 있었다.

산호가루로 펼쳐진 하얀 활주로滑走路는 연인이 기다리는 마음의 활주로이리라. 연인을 찾아가는 정열의 활주로이리라. 그 하얀 활 주로 위 발그스레한 노을빛에 눈물나도록 아름다운 이 비경秘境을 보고, 어느 누가 미치지 않겠는가.

이 활주로는 세상에서 단 하나뿐인 산호활주로라고 한다. 지상 에서 어떤 풍경도 압도당하고 마는 이 산호활주로는 달리는 보라 보라섬의 노을빛에 일대 장관이 아닐 수 없다. 그 불그레한 산호 활주로를 누군들 달리고 싶어 하지 않겠는가.

風多의 사랑에 흔들리는 능수매화

또한 불그스레한 그 바다에서는 상어 떼와 가오리 떼가 주위를 맴돌며, 함께 스노클링으로 수중水中 유영遊泳을 하는 감동적感動的인 진풍광에 어찌 겹치는 놀라움이 아니겠는가.

나는 한참동안 타이티섬의 매혹에 수장水葬 당하고 있었다.

마음을 실성거리게 하는 벌그무레한 세계의 비경秘境 타이티섬!

'그 섬에 꼭 가고 싶은 타이티섬'이 나를 언제까지 생포하고 있을 것인지?

내가 타이티섬에 깊이 빠져 있는 동안 어느새 며늘아기의 아침 밥상이 잘 차려져 있었다.

청정淸淨 중국中國 해남의 추억

관광객들은 모두 낮에는 뙤약볕 아래, 쪽빛 바다에서 튜브를 타고 더위를 식히는가 하면, 금빛 모래찜질을 즐기는 사람, 갈대로 지붕 삼은 원두막에서 오수午睡에 잠기는 사람, 그늘 아래 침대에 누워서 하늘을 바라보고 있는 전경은, 말 그대로 열대지방 풍경으로 그 운치를 자아내고 있었다. 해질 무렵이 되면, 여기저기 네온사인 불빛으로 휘황찬란한 음식점들이 문을 열고, 관광객을 손짓했다. 음식점 정원庭園은 푸르디푸른 잔디밭으로 싱그럽고, 의례 간이무대가 있어, 춤과 노래로 흥미를 돋우었다.

청정淸淨 중국中國 해남의 추억

눈 감으면 아련히 떠오르는 청정淸淨 중국中國 해남의 추억!

나는 이따금 가슴 설레는 중국 해남의 중독증에 걸린다. 이것이 시대의 노마디즘에서 오는 현상인지도 모른다.

생각하면, 눈앞에 펼쳐지는 해남의 낭만浪漫과 빼어난 풍경風景은 지금도 마음을 신선하게 해준다.

맑은 하늘, 쪽빛 바다, 유리빛 공기에 한껏 취했었다.

백여우에 홀린 듯이 나를 잊은 채 마냥 좋았다.

중국 해남의 행복한 추억을 갖게 된 것은, 남편男便 팔순八旬 기념으로 아들과 며느리의 효심孝心을 받게 된 모처럼의 행운幸運이었다.

우리 가족 4인, 시누네 가족 5인, 모두 아홉 사람이 해남행 비행기에 올랐다.

시누네 손녀 여섯 살 난 지민이는 갈 때부터 한시도 가만히 있지를 못하고, 틈만 나면, 뛰고, 달리고, 율동과 노래로 재롱을 떨며, 어른들을 웃겼다.

여행은 어린이가 있어야만, 조화가 이뤄지고 때때로 웃음꽃이 핀다는 특색을 발견하게 되었다.

"중국 해남성 삼아시 남전온천휴가구는 동해안 해당만 금삼각에 자리 잡았고, 동쪽으로는 남만 원숭이섬과 근접하였고, 남쪽으로는 아룡만과 가까우며, 오지주도와 바다를 사이에 두고 마주보고 있다고 한다. 휴가구는 열대섬의 생태원림 건축과 여족, 묘족, 소수민족 풍속의 지역문화를 결합시킨 것이 특색이고, 대형 노천온천을 주제로 한 '온천레저휴가' 종합상품을 만들어 열대섬의 특색을 중점적으로 체현하고 있다"는 것이다.

관광객들은 모두 낮에는 뙤약볕 아래, 쪽빛 바다에서 튜브를 타고 더위를 식히는가 하면, 금빛 모래찜질을 즐기는 사람, 갈대로 지붕삼은 원두막에서 오수午睡에 잠기는 사람, 그늘 아래 침대에 누워서 하늘을 바라보고 있는 전경은, 말 그대로 열대지방 풍경으로 그 운치를 자아내고 있었다.

해질 무렵이 되면, 여기저기 네온사인 불빛으로 휘황찬란한 음

風多의 사랑에 흔들리는 능수매화

식점들이 문을 열고, 관광객을 손짓했다.

음식점 정원庭園은 푸르디푸른 잔디밭으로 싱그럽고, 의례 간이 무대가 있어, 춤과 노래로 흥미를 돋우었다.

우리들은 밤이슬을 맞아가며, 이슥토록 해남 음식을 즐겼다.

"삼아시는 중국 최남단의 도시都市이고, 또한 중국 유일한 열대 해변관광도시라고 한다. 역사학자들이 삼아시 낙필동에서 발견한 '삼아인' 유적은, 현재 알고 있는 해남도 최초 인류 활동유적지로서 지금까지 1만여년이란 시간이 경과했다는 것이다. 역사 기재에 따르면, 한조(BC 110년)에 지금의 삼아시 아성진에 주아군을 설립하였고, 수군(591년)에는 임진군으로 설립하였으며, 당조(622년)에 진주로 변경되었으며, 명조(1368년)에는 이름을 애주, 민국시기(1912년) 이후에는 애주를 애현으로 고쳤다고 한다. 1954년 애현 현정부는 애성에서 지금의 삼아시로 이주하였고, 1984년에 국무원의 비준을 거쳐 삼아시를 설립하였으며, 1987년에는 지구급 시로 업그레이드 하였다고 한다."

우리 일행은 중국 고유의 차茶와 연한 술을 즐기며, 안내원의 역사적 이야기에 시간 가는 줄을 몰랐다.

지도상으로 볼 때, 우리가 묵고 있는 '해남도'는 중국 본토에 비하면, 으르렁대는 호랑이 소리와, 눈에 잘 보이지 않는 모기소리만한 비유에 지나지 않았다.

어언 해남에서 5박 6일 동안의 여행은 벌써 해가 저물고, 떠나야 할 날이 바짝 다가와 우리들의 가슴을 조여 왔다.

청정淸淨 중국中國 해남의 추억은 우리들의 가슴에 영원히 남으리라.

風多의 사랑에 흔들리는 능수매화

밤기러기 울음소리

때마침 초승달이 내 손 끝에 달랑달랑 좇아오는 듯싶었다. 산책로를 거닐면서 호수를 내려다보니, 어느새 초승달이 저만큼 호수 속에 잠겨 있었다. 월파정月波亭에 올라앉아 초승달을 바라보노라니, 밤기러기가 북쪽 하늘로 끼룩끼룩 날아가고 있었다. 가을철에 북한강 늪지대를 찾아 왔던 기러기가, 봄이 되어 북쪽으로 날아가는 이별이 생각나 마음이 서글펐다. 무슨 소식을 가슴에 안고 떠나는 것일까.

밤기러기 울음소리

창문을 자주 열게 되는 5월의 아침이다.

방안 환기換氣를 위해 창문을 열었더니, 바람결에 묻어오는 쥐똥나무꽃 향내가 은은하다.

5월이 오면, 경기도 일산 우리가 살고 있는 강선마을 아파트 단지에는 제일 먼저 생기 넘치는 쥐똥나무 울타리가 계절을 느끼게 한다.

쥐똥나무는 키가 작고 별 볼품없이 생겼지만, 어디서나 쉽게 볼 수 있고, 나지막하여 울타리로는 제격이다. 꽃은 희고 검은 열매는 쥐똥 모양이며, 가지 끝에 올망졸망 달려 있다.

일요일이어서 종일 방안에 있었더니, 몸이 찌뿌드드하여 가벼운 스트레칭을 하고 나서, 초저녁에 호수공원 산책에 나섰다.

때마침 초승달이 내 손 끝에 달랑달랑 좇아오는 듯싶었다.

산책로를 거닐면서 호수를 내려다보니, 어느새 초승달이 저만큼 호수 속에 잠겨 있었다.

월파정月波亭에 올라앉아 초승달을 바라보노라니, 밤기러기가 북쪽 하늘로 끼륵끼륵 날아가고 있었다.

가을철에 북한강 늪지대를 찾아 왔던 기러기가, 봄이 되어 북쪽으로 날아가는 이별이 생각나 마음이 서글펐다.

무슨 소식을 가슴에 안고 떠나는 것일까.

문득, 아침 신문 기사가 떠올랐다.

"6.25 때, 미군美軍 피난민에 총격 허용"이라는 주제主題인데, "노근리 사건 당일 작성된 주한대사駐韓大使 서한書翰 발견"이라는 내용이었다.

밤기러기 울음소리는 마치 미군美軍에게 학살虐殺 당한 노근리 양민들의 떠도는 원혼인 듯 애처롭게만 들려왔다.

노근리하면, 오래 전에 '청담여류시동인회' 회원들과 함께 현지 답사한 사실이 있어서 상상의 나래가 펼쳐지기도 한다. 그 때, 노근리의 쌍굴다리 일대에는 노란 애기똥풀이 만발하였고, 마침 봄비가 부슬부슬 내리고 있어서 더욱 우울했다.

우리는 다소나마 사건의 전모를 알기 위해, 동네로 들어갔지만,

하도 오래된 일이라서 충분치가 못했다. 다만, 쌍굴다리 콘크리트 벽면에 남아 있는 무수한 총격의 실탄 자국만이 가슴 아프게 발견되었었다.

그 후, 때때로 신문 보도에 의해서, 어느 정도는 알게 되었다.

그 중 "존 무초 주한駐韓 미군대사美軍大使의 서한書翰이 발견되었다는 것과, 당시 무초대사가 딘 러스크 미美 국무부國務部 차관보 앞으로 보낸, 이 서한은 1950년 충북 영동군 황간면 노근리 학살사건이 진행된 바로 그날 작성된 것으로, 6.25 전쟁 동안 모든 미군부대에 대해, 그러한 방침이 시달되었음을 보여준다고, AP통신이 29일 보도했다"는 기억이 새삼 생각나기도 했다.

아무튼 노근리 사건은, 양민들이 한데 섞여서 억울한 죽음을 당한 것만은 사실로 나타난 것이 아니던가.

지금도 노근리의 하늘에는, 6.25 때, 억울하게 죽은 원혼冤魂들의 비통한 울음소리가 떠돌고 있는 것 같은 느낌이 가슴 속에 남아 있다.

밤기러기의 슬픈 사연이 담긴 상징성으로만 돌리기엔 너무나 뼈아픈 추억의 밤이다.

확실한 역사적歷史的인 사실 공개와, 충분한 명예名譽 회복回復과, 만족한 보상補償이 뒤따라야 하지 않겠는가 하는 생각을 해보는 밤이다.

밤기러기 울음소리가 '노근리의 울음소리'로 내 가슴을 이렇게 울려놓는 이 밤이 심히 안타깝기만 하다.

초승달빛에 어리는 호수의 물결만이 내 서글픈 심정心情을 사르르사르르 헤아리는 듯싶다.

쌀과 소쩍새

아득한 기억으로 되살아나는 '소쩍새와 쌀'에 대한 상관관계의 신문 기사의 여운餘韻이, 마치 한미 FTA 타결의 종소리가 은은하게 들려오는 것 같은 분위기가 아닌가 생각이 들었다. 나는 부리나케 스크랩북을 뒤져보았다. J신문에 의하면, 우리 조상은 쌀을 피와 살이라고 여겨왔고, 신앙信仰으로 믿어왔다는 것이다. 쌀에는 신神이 있다고 믿고, 성주 단지에 쌀을 넣고 안방이나 대청 선반 위에 모셔 놓았다고 한다.

쌀과 소쩍새

"소쩍! 소쩍!"

느닷없이 구슬픈 소쩍새 소리가 가슴을 울리는 것 같다.

소쩍새는 주로 밤에만 우는 슬프고 처량한 여름새다.

라일락, 목련꽃이 벙글기 시작한 초봄, 4월 3일 조간신문은 한미 FTA 타결의 소식으로 온통 새까맣게 깔려 있다.

한미 FTA 협상타결 주요 내용을 보면, 농촌 사람들의 가장 큰 관심사인 농산물 소식이 1면 맨 처음에 나와 있다. 그만큼 비중이 크다는 것을 직감할 수 있었다.

'미국美國 조치'란에 "개방 요구 대상에서 쌀 제외"라는 기사가 눈에 번쩍 띄었다. 나는 안도의 숨을 쉬었다. 이러한 결정을 맺게 된 것은, 우리측에서 그만큼 '쌀' 문제를 비중 있게 다뤘다는 생각이 들었다.

쌀에 대한 기사를 보자, 진을주 시인의 역작시집 《사두봉 神話》에 나오는 '성주신成主神'이 생각났다.

"대청마루 대들보에 꽂혀 모셔진/ 쌀알과 왕돈을 고이 싼/ 한없이 꿈꾸는 조선의 창호지/ 간절한 내 어마이 손빌이/ 물에 떨어진 먹물처럼/ 응어리가 풀리는/ 다사로운 미소/ 액때움의 주술呪術에/ 까만 눈을 크게 뜨고/ 풍요를 내려주는/ 선반 위에 성주단지/ 햇곡식으로 떡치고/ 술 빚어 고사 드려/ 성주풀이 뒷산을 누르고/ 저마다 일어선 시월상달 성주굿/ 하늘 끝에 닿았는데/ 구름밭에 달리는 말발굽소리"

이 시詩에 나오는 '성주단지'는 쌀이나 보리를 넣어 둔 단지이며, 풍요豊饒의 수호신守護神 표상으로 되어 있다.

이 시詩를 보면, 우리 조상祖上은, 쌀은 신神이었고, 신앙信仰으로 여겨왔음을 보여주는 것이 아닌가 여겨지기도 한다.

이 뿐만이 아니다.

아득한 기억으로 되살아나는 '소쩍새와 쌀'에 대한 상관관계의 신문 기사의 여운餘韻이, 마치 한미 FTA 타결의 종소리가 은은하게 들려오는 것 같은 분위기가 아닌가 생각이 들었다.

나는 부리나케 스크랩북을 뒤져보았다. J신문에 의하면, 우리

조상은 쌀을 피와 살이라고 여겨왔고, 신앙信仰으로 믿어왔다는 것
이다. 쌀에는 신神이 있다고 믿고, 성주단지에 쌀을 넣고 안방이나
대청 선반 위에 모셔 놓았다고 한다.

그해의 햅쌀을 단지에 채우고, 그 단지에 있던 쌀로 밥을 지어
식구끼리만 먹는 습관은, 그 안에 신神의 복福이 있다고 여겨왔다
는 것이라 한다.

산모産母의 해산을 앞두고 쌀을 준비해 두었던 것은, 쌀과 신神과
복福을 하나로 믿어왔던 풍습에서 온 것이라 한다.

송宋나라 손목孫穆이 "고려에서는 쌀을 보살이라 한다."고 한 것
도 역시 정곡을 찌른 것이라고 보아야 하지 않겠는가.

민가民家에서 내려오는 말에 의하면, '만석꾼네 고방(곡간) 쌀보
다 내 쌀 한 되가 낫다'는 것이며, 또 '쌀독과 마음 속은 남에게
보이지 말라'는 말이 생겼다는 것이다.

그밖에 조선 중기 문인文人 계곡溪谷 장유張維의 한 시의 일부를 보
면,

"소쩍새야 소쩍새야/ 솥이 작아 밥을 많이 지을 수 없다지만/ 올 해엔 쌀이 귀해 끼니 걱정 괴로우니/ 솥 작은 건 걱정 없고 곡식 없어 근심일세"라고 읊었다 한다.

이 시의 내용은 흉년을 맞은 농민의 처지를 잘 그리고 있다는 것을 알 수 있다.

철없는 소쩍새는 솥이 작다고 푸념하지만, 농민의 사정은 뒤주를 박박 긁어도 쌀 한 톨 찾기 어려울 정도로 딱하기 짝이 없다고 전하고 있다는 것이다.

'쌀과 소쩍새'의 기사記事를 보자, 우리가 어렸을 때, 보아왔던 농경사회農耕社會가 엊그제처럼 눈 앞에 삼삼거렸다.

우리는 그 어려웠던 보릿고개도 슬기롭게 넘겨온 강强한 민족民族이다.

그때에 비하면, 지금은 얼마나 잘 사는 나라가 된 것인가를 짐작케 하는 아침이다.

다만, 한미 FTA 타결에 대한 국민의 이해관계에 따르는 여론이

양분되어 있지만, 한 번 더 깊이 생각할 때라고 보아진다.

앞으로 '한국산 섬유가 미美 시장에서 중국산보다 값 싸져' 가는 세상이 된다는 것을 생각할 때, 꼭 꿈만 같은 생각이 든다.

무엇보다도 가장 중요한 점은 "한미 '안보＋경제' 포괄동맹으로 거듭나다"는 소식과 부수적으로 '동맹 접착제' 효과가 크다는 뉴스로 안도감安堵感이 마음을 흐뭇하게 했다.

우리는 그 어려움을 뚫고, 모처럼만에 이룩한 '한미 FTA타결'을 기필코 완성시켜야 한다는 생각이다.

'쌀과 소쩍새' 의 슬픈 울음소리를 다시 한 번 절절하게 기억할 때가 아닌가 하는 생각을 갖게 하는 아침이다.

3부

다이아몬드의 천적天敵

2004년 2월 18일자 각 신문 보도에서 '반인반마좌半人半馬座'가 밝혀졌다는 사실이다. 이곳은 지구에서 상상할 수 없이 머나먼 거리에 있다. 지구에서 대략 50광년 떨어진 곳이라고 한다. 이곳에 가면, 지름 1천5백 킬로미터되는 별이 전부가 순 다이아몬드라고 한다. 세상에 이런 일도 있을까. 최근 이론물리학理論物理學의 거두인 미국美國 서스킨스 박사의 계산에 따르면, 별 1천억 개가 들어 있는 은하銀河가, 1천억 개 쯤 모여 있는 광막한 우주宇宙 밖에, 그런 규모의 우주가 10을 5백승한 만큼 또 있다고 하니, 이 얼마나 놀라운 일인가. 그렇다면 불과 몇 캐러트 다이아 반지가 무슨 희소가치가 되며, 무슨 의미가 있단 말인가.

風多의 사랑에 흔들리는 능수매화

다이아몬드의 천적天敵

다이아몬드는 좋은 것인가.

여자는 다이아몬드를 선호하는 편이라고 할 수 있다.

마름모꼴에 유난히 광택이 아름다운 보석! 굴절율이 크고 아침 햇살처럼 눈부신 이 다이아는 약혼이나 결혼할 때, 대부분 예물로 손꼽는 것으로 알려졌다. 이러한 풍습은 아마도 다이아몬드의 희소가치 때문이요, 보물로 거래되고 있는 시세 때문일 것이다.

곱고 희디흰 손가락에 다이아반지를 끼고, 어느 파티장에서 휘황찬란한 네온사인에 반짝이는 비교의 우월감에서 느끼는 심리적 작용은 은근히 상대성 빈곤을 짓누르고 일어선다는 자만심에서 오는 자기 만족감일 수도 있을 것이다.

그동안 우리 인류사회에서 다이아 보석 때문에 얼마나 많은 불행과 슬픔을 보아 왔는가.

남녀간 사랑의 관계에서도 보석으로 승패가 좌우되는 사례를 흔히 보아왔다. 신중해야 할 가치관이 빗나간 경우, 인생이 늪에 빠지는 경우도 있다는 사실을 알아둘 필요가 있지 않을까?

지금도 내 가슴에서 개똥불빛처럼 언뜻언뜻 지나가는 신문 기사들이 떠오르고 있다.

심프슨 부인이 그렇게도 애용하던 31캐러트 다이아몬드를, 부강의 나라 일본日本 부유층인 다가키 쓰네오가 사들였다는 뉴스가 세상을 떠들썩하게 한 것은, 신문이라는 생리를 다시 한 번 느끼게 하는 일이기도 하다.

이밖에도 또 있다. 2004년 10월 13일자 신문에서, 전설적인 소프라노 마리아 칼라스가 가졌던 11.71 캐러트짜리 다이아몬드 반지가 '소더비' 경매에 나온다는 보도가 있었다. 이런 기사들은 독자들 층에서 다이아몬드에 대한 관심이 그만큼 높다는 반증일 수도 있다.

이런 것은 사회적 풍조로 볼 수 있는 다이아몬드에 대한 선호도를 짐작케 하는 점일 것이다. 언젠가 다이아몬드에 대한 신비감이 깨져가는 신문 보도도 있었다.

그러고 보면, 세상은 일방통행만은 없는 것 같다.

風多의 사랑에 흔들리는 능수매화

2004년 2월 18일자 각 신문 보도에서 '반인반마좌半人半馬座'가 밝혀졌다는 사실이다. 이곳은 지구에서 상상할 수 없이 머나먼 거리에 있다.

지구에서 대략 50광년 떨어진 곳이라고 한다. 이곳에 가면, 지름 1천5백 킬로미터 되는 별이 전부가 순 다이아몬드라고 한다. 세상에 이런 일도 있을까.

최근 이론물리학理論物理學의 거두인 미국美國 서스킨스 박사의 계산에 따르면, 별 1천억 개가 들어 있는 은하銀河가, 1천억 개 쯤 모여 있는 광막한 우주宇宙 밖에, 그런 규모의 우주가 10을 5백승한 만큼 또 있다고 하니, 이 얼마나 놀라운 일인가. 그렇다면 불과 몇 캐러트 다이아 반지가 무슨 희소가치가 되며, 무슨 의미가 있단 말인가.

미래에 다가올 어느 땐가는 세계의 여성들이 장바구니를 들고, 자력磁力을 띤 플라즈마빔인 '매그빔'의 우주 왕복선을 타고 반인반마좌半人半馬座에 있는 다이아몬드 별나라에 가서 목침만한 다이아몬드 덩어리들을 바구니에 가득 파 오게 된다면 어떻게 될 것인가. 이것이 바로 우리가 사는 지상에서 우쭐대던 다이아반지의 천적天敵이 되고 말 것이 아닌가?

모든 가치 기준도 사람이 생각하기에 달려 있다고 보아진다.

천적天敵은 또 있다.

지구 한쪽에서 경제침략 전쟁을 일삼는 나라가 있는가 하면, 다른 한쪽에서는 전쟁에 짓밟히면서, 어린이 3억 명이 빈곤과 착취에 시달리고 있는 것이 현실인 것이다.

네덜란드 사진작가 센더 비만(42)이 2004년 9월 말, 각국各國 지도자를 비롯해, 전 세계 영향력 있는 인사 2만5천 명의 사무실로 흑백화보 사진첩 한 권씩을 배달시켰다고 한다.

이 화보첩에는 빈곤에 허덕이는 비참한 어린이들의 모습이 담겨 있었다 한다. 그 사진첩을 넘기면서 내전과 빈곤에 허덕이는 세계 어린이 현황을 보면, 노동 착취가 2억 4천 6백만여 명중, 75퍼센트가 지뢰, 독극물 등을 다루는 위험한 환경에서 노예 같은

風多의 사랑에 흔들리는 능수매화

생활을 하고 있고, 에이즈로 부모를 잃은 어린이가 약 1천 3백 4십만 명으로 추정되었다고 한다.

그 밖에 아시아와 동유럽 극빈층 소녀들, '우편배달 신부'라는 이름으로 성매매가 되고 있다고 한다. 그리고 생계수단으로 성매매에 나선 동남아 국가 어린이가 약 10만 명 정도라고 한다. 뿐만 아니라, 전쟁에 동원되고 있는 어린이가 30여 개국, 분쟁에 약 20만 명의 어린이들이 군대에 차출되고 있다는 것이다. 이러한 뉴스를 접할 때는 정신이 멍해진다.

이 얼마나 슬픈 일인가. 흔히 있는 기사로만 가볍게 넘길 일이 아니라는 생각을 하게 된다. 나는 한참 동안 내 가슴을 쓸어내리면서, 세기世紀의 부리不理 앞에 소리가 나지 않는 '버꾸' 같은 무력감無力感으로 가슴 아팠다.

설악산 상상봉 바람받이에 강풍을 맞은 고사목古死木 같은 인간상人間像들, 태풍이 쓸고 간 폐허 같은 허상虛像들을 느끼게 하는 순간순간이다.

지구상 도처에서 일어나고 있는 인류의 슬픈 비극과 참상들이 어찌 그들만의 비극이겠는가. 이처럼 처절한 슬픔 앞에 어찌 다이아몬드의 이야기를 꺼낼 수 있겠는가.

빈곤과 착취에 시달리는 어린이 3억 명이 지구상에 현존하는 한, 이들이 어찌 다이아몬드의 천적天敵이 아니 될 수 있단 말인가.

나는 개구리의 천적天敵인 뱀은 싫어하면서, 다이아몬드의 천적天敵을 사랑해야 하는 이유를 두렵게 생각하면서, 슬퍼지는 날이기도 하다.

이 아침, 누렇게 뜬 모과나무 잎이 걸린 우리 집 거실 유리창에, 가을의 슬픈 빗방울이 용케도 두려운 하늘을 가리고 있다.

손에 든 조간신문에 전율이 흐른다. 예루살렘에서 '세례요한의 동굴' 발견의 요란스런 큰 기사가 무력하게만 비쳐진다.

"과부족過不足은 가치가 없다. 적당한 조화 상태를 높이 여기는 공자孔子의 중용사상中庸思想"이 새삼 소중하게 느껴지는 아침이다.

* 각 일간신문 '기사' 어레인지먼트

백자철화죽문항아리

완전 여성적인 정욕情慾 항아리에, 완전 여성적인 선율旋律이 얼마나 조화로운 미적美的 감각인가 하는 생각에 감탄을 거듭할 수밖에 없었다. 댓잎이 힘차게 뻗어 있는 점과, 넝쿨 같은 대나무 줄기의 곡선이 평범을 초월한 미적구성美的構成의 수준이며, 그 감각이 현대인들의 수준을 능가한 미학美學에 이르렀다. 기뻤다. 한국의 어머니 같은 여유로움에, 한국의 어머니 도량 같은 인상에 나는 놀라고 말았다.

風多의 사랑에 흔들리는 능수매화

백자철화죽문항아리

조선조백자朝鮮朝白瓷 빛 하늘이 나직이 내려온 2월의 아침이다.

일산 강선마을에는 노란 산수유꽃 나무가 새침한 눈빛으로 봄을 미루어둔 채 쌀쌀한 추위로 꿈틀거리고 있다.

오늘은 며칠 전부터 생각했던 '일민미술관'에 가기로 한 날이다.

남편과 나는 사무실에서 일손을 멈추고 잠시 점심시간을 이용하여 '한국의 미美 일본의 미美' '야나기가 발견한 조선 그리고 일본 전展'을 보기 위해 일민미술관에 들어섰다.

의외로 많은 사람들의 담소로 분위기가 고조되고 있었다.

모두가 질서정연하게 지성적인 눈빛과 호기심에 찬 기대감의 표정들로 진지해 보였다.

우리도 그 수많은 명품名品들을 관람하느라 시간 가는 줄도 모르고, 예술藝術의 수심水深에 가라앉아가고 있었다.

한참만에야 신문에서 보았던 '백자철화죽문항아리(조선 17세기)'가 눈앞에 번쩍 띄었다. 우리는 약속이나 한 듯이 "이것이다.

여기 있네." 한참동안을 그 자리에 선 채로 이리저리 살펴보고, 생각하고, 관찰을 했다.

전양모 전 국립중앙박물관장의 말을 되풀이, 재고再考하기 시작했다.

"18세기를 준비하는 과도기 현상으로 17세기의 그릇들은 모양이 모두 제각각이다"는 선입감에서 바라보았다.

나는 '백자철화죽문항아리' 그 자체보다도, 먼저 힘차게 뻗쳐 있어야 할 대나무 묵화墨畵에 시선이 머물렀다.

대나무는 칸칸마다 마디가 있고, 곧은 죽절竹節로 지조로움의 상징이 특색인데(?) 하는 생각에 잠겼다.

이 그림은 사실화事實畵가 아닌, 죽절竹節의 추상적인 데에 서서히 놀라움이 벗겨졌다.

거두절미하고, 항아리의 몸통과 묵죽墨竹의 조화로움에 눈이 번쩍였다. 이 여성적인 곡선曲線 위주의 백자항아리에, 남성적인 죽절의 뚜렷한 직선과 어울렸다면 어떻게 되었을까 하는 생각이 남게 되었다.

여기에서 잠깐 항아리에 담겨질 내용물內容物과 용기用器에 대한 역할 기능機能을 생각해 보았다. 담겨질 수 있는 내용물은, 씨알이나 분말, 또는 액체 등을 생각할 수 있었다. 그 중에서도 막걸리를 담아놓고, 조롱박으로 떠서 술잔에 부어 마실 수 있는 생각을 해 보는 순간, 조롱박이나, 술잔에서 술방울이 떨어질 수 있다는 생각이 들었다.

그 밖에 항아리에 표현된 그림은 묵죽墨竹이라서, 특별히 오죽烏竹이라야 제격이 아닌가? 그 중에서도 우죽雨竹이나, 노죽露竹은 줄기가 휘어질 수 있고, 물방울이 맺어 떨어질 수 있다는 생각에 머물렀다. 그렇다면 내용물과, 항아리의 기능과, 그림에 연관된 이미지로서 물방울은 종합적 은유법隱喩法 처리에 놀라지 않을 수 없었다. 그리고 물방울은 여백餘白의 미美를 배가하기 위해서 여백과 물방울의 충돌로 여백의 공간空間이 두드러져 보였다.

그 밖에 이 항아리의 입이 아주 낮고, 그 각이 예리하다는 점과,

굽다리는 좁디좁은데, 호심湖心 같은 배가 한껏 불렀다는 여성적인
면을 발견해냈다.

　나는 놀라우리만치 신비로움에 감탄을 거듭했다. 만약에 학鶴의
나랫짓 같은 여성적인 항아리에, 남성적 직선直線인 대나무의 그림
이 어우러졌다면, 얼마나 비조화로운 언밸런스였을까 하는 생각
을 떠올리면서 우리 조선조朝鮮朝의 예술혼에 감탄 감탄을 거듭했
다.

　완전 여성적인 정욕情慾 항아리에, 완전 여성적인 선율旋律이 얼
마나 조화로운 미적美的 감각인가 하는 생각에 감탄을 거듭할 수밖
에 없었다.

　댓잎이 힘차게 뻗어 있는 점과, 넝쿨 같은 대나무 줄기의 곡선
이 평범을 초월한 미적구성美的構成의 수준이며, 그 감각이 현대인
들의 수준을 능가한 미학美學에 이르렀다.

　기뻤다.

　한국의 어머니 같은 여유로움에, 한국의 어머니 도량 같은 인상

風多의 사랑에 흔들리는 능수매화

에 나는 놀라고 말았다.

나는 나 혼자서 커다란 비밀과 숨어 있는 보물이라도 발견한 것처럼 기뻤다. 한참만에야 이 비밀의 열쇠를 남편에게 설명했다.

남편은 말없이 '나도 안다'는 표정으로 고개만 끄덕이고 있었다.

아랫도리에 힘이 쭉 빠졌다. 피곤이 밀려오고 고개가 뻣뻣했다. 의자에 앉아 생각에 잠겼다.

감상을 하고 나니, 지난 세월 내가 묵화墨畵에 열중하였을 때, 기초 상식에서 얻어진 덕택이 아닌가 하는 실낱 같은 자부심을 느끼면서 마음 속에 미소가 흐르고 있었다.

민족적 자부심이 충만된 마음으로 '일민미술관'을 나와 고개를 들어보니, 아침에 나직이 내려와 보이던 조선조백자朝鮮朝白瓷 빛 하늘에서, 태양太陽을 상징하는 삼족오三足烏의 비상飛翔이 날아오르는 듯한 환상幻想으로 햇살이 더욱 눈부셨다.

백제 금동관

이 백제 금동관은 2003년에 발굴한 것으로 가장 오래된 금동관이라는 것에 손끝이 떨렸다. 지금까지 한국이나 일본에서 발굴된 백제 금동관은 모두 10점인데, 그 가운데에서도 어른이시다는 점에 더 새롭게 느껴졌다. 신문 기사에 의하면, 최고로 권위를 상징하는 용龍이 14마리가 투조透彫되었다는 것이다.

風多의 사랑에 흔들리는 능수매화

백제 금동관

1,600년 만에 깨어난 백제 금동관!

2007년 2월 21일자 조선일보에 실린 원색 사진과 그 기사를 보고, 나는 깜짝 놀랐다. 시간이 지나자 그윽한 기쁨으로 한참동안 생각에 잠겼다.

이 백제 금동관은 2003년에 발굴한 것으로 가장 오래된 금동관이라는 것에 손끝이 떨렸다.

지금까지 한국이나 일본에서 발굴된 백제 금동관은 모두 10점인데, 그 가운데에서도 어른이시다는 점에 더 새롭게 느껴졌다.

신문 기사에 의하면, 최고로 권위를 상징하는 용龍이 14마리가 투조透彫되었다는 것이다.

동양에서는 용龍을 가장 성스럽게 여기고, 또 그와 맞서는 호랑이도 성스러운 대상으로 여기고 있는 것으로 안다. 그래서 예부터 내려오는 전설傳說 가운데 용호상박龍虎相搏이라는 말을 어른 아이 할 것 없이 동양 사람들은 다 알고 있는 이야기다.

사전에 의하면, 용과 호랑이는 '서로 마주 때림' 이라든가, 서로 승부를 거는 씨름 실력을 비교하는 말로써 '용호상박'이라는 말로 쓰이며, 우리 생활에 젖어 있는 전설로 알고 있다.

명당明堂자리를 찾을 때도 좌청룡左靑龍 우백호右白虎라는 말을 많이 쓰고 있어 그 심증이 간다.

이러한 용龍이 14마리가 투조透彫되어 있다는 것은 놀라지 않을 수 없다.

그 밖에 연꽃봉오리 장식은 삭아서 눈에 잘 띄지 않는다는 것이다. 이 소중한 부분의 상실이 가슴을 몹시 아프게 했다.

연꽃은 흙탕물에서 그윽하게 그 품위를 자랑하며, 색감이나, 피어오르는 이미지가 부처님 미소 같은 고귀한 자태로 놀랍도록 아름답게 느껴지는 꽃이다.

가장 더러운 진흙탕 물에서 가장 성스러운 자태로 피어나는 그 우아함은 사람들의 혼을 새롭게 하고, 몇 십리 바람에 묻어오는 그 향기 또한 감탄케 하고 있지 않은가. 이 같은 상서로운 연꽃봉오리 장식이 삭아서 없어졌다는 점이 얼마나 애석哀惜한지 모른다.

風多의 사랑에 흔들리는 능수매화

1,600년 만에 깨어난 백제 금동관은 밑지름 14.7cm, 높이 15㎝로써 백제 최고의 권위를 상징한다고 말하고 있다.

이 백제 금동관은 공주 수촌리 1호 고분에서 1,600년 동안이나 잠을 자면서, 햇빛을 기다렸다는 것이다. 그 긴긴 역사가 세계적인 사건이며, 세상적인 자랑거리라고 생각된다.

이훈 센터장과 동양대학교 이상한 박물관장은 "한성에 도읍했던 백제가 남쪽지역 수장들에게 하사下賜한 위세품威勢品"이라고 평가評價하면서, "백제 금동관 중 가장 오래 되고, 가장 정교精巧한 명품"이라고 극찬을 하고 있다.

이 금동관을 쓰고 백제를 호령하고, 선정을 베풀었던 수장은 그 얼마나 위풍당당한 모습이었을까 하는 생각에 신비스럽게 여겨질 뿐이다.

금동관 개념 도면을 보니, 맨 상단에 연꽃봉오리 장식이 하늘을 찌르고, 새 날개 장식의 비상이 하늘로 솟구치고, 그 밖에 용龍의 장식으로 상서로움이 상징되고 있으며, 부채모양 장식으로 용龍

두 마리가 보이고, 맨 아래는 인동초 장식으로 마감을 했다.

나는 이 1,600년 만에 깨어난 백제 금동관에 머리가 숙여졌다. 그리고 경건한 마음으로 세상에 자랑하고 싶었다.

모름지기 세상 사람들이 이 백제 금동관에 박수를 보내고, 한 번쯤 백제 역사에 몸과 마음을 기울여 볼 일이라고 생각하니 마음이 흐뭇해진다.

때로는 개도 사람보다 낫다

이 휘호는 우리 집 가보家寶처럼 집 안에 걸렸다가, 때로는 지구문학 사무실 벽에 걸어놓고, 오시는 손님들에게 자랑을 하기도 한다. 이 휘호가 몇 년 뒤에, 〈가람 문선집文選集〉에 들어가기도 했다. 나는 이 명언이 우리 자녀들에게도 훌륭한 교훈이 되기를 바라고 있다. 지금 생각하면 가람 이병기 선생은 앞을 내다보는 유명한 철학가요, 시조 시인이라고 생각한다. 또 이 휘호를 볼 때마다 '시詩는 미래를 예언한다'는 말이 떠오르기도 한다.

때로는 개도 사람보다 낫다

'주인 찾아 삼만리를 찾아온 진돗개 백구!'

내 머릿속에 박힌 이 기억은 가끔 다이아몬드처럼 반짝인다.

300㎞나 떨어진 곳으로 팔려갔다가, 7개월 만에 다시 주인이 사는 집으로 되돌아와 화제가 되었던 '돌아온 진돗개 백구'가 동상으로 다시 태어났다는 신문보도로 알게 되었을 때, 나는 이 '진돗개 백구像'을 브로치로 만들어 내 가슴에 달고 싶어지는 때가 있었다. 이 진돗개 백구는 전남 진도군 의신면 돈지마을 광장에 백구像으로 우뚝 서서 마을 지킴이 역할을 하고 있다고 한다. 이 밖에 TV나 신문보도를 통해서 개에 대한 미담美談은 많다.

인도 남부 폰디체리 인근 마을에 지진이 덮친 순간, 집에서 키우던 누렁개가 오두막을 향해 달려가 다나카란 남자 아이의 옷깃을 물고, 있는 힘을 다해 밖으로 끌어내 언덕을 향해 달려갔다는 신문 보도라든가, 불속에 갇힌 주인을 구하기 위해 꼬리에 물을 묻혀다가 불을 끈 개, 불난 집 속에 갇힌 어린이를 구해낸 개도 있었다는 기억이 난다.

이런 생각을 할 때마다 인간은 개만도 못한 사람이 많다는 생각이 들곤 한다. 뿐만 아니라, 생명보험이 많이 들어 있는 부모를 살해하거나, 보험금을 타내기 위해 아내가 남편을 죽이고, 남편이 아내를 살해하는 사람들을 우리는 흔히 볼 수 있었다. 이런 끔찍한 말을 들을 때마다 생각나는 것은, "때로는 개도 사람보다 낫다"는 명언이다.

조선일보를 뒤적이다가 "초등생 성추행 피살 1년, 우리 사회는 뭐했나"라는 사설社說을 보고, 어찌 '진돗개 백구상'의 브로치를 가슴에 달고 싶어지는 생각이 나지 않겠는가?

지난 "인도네시아 수마트라 섬 인근 해역에서 발생한 해저지진과 해일이 휩쓸고 지나간 인도네시아를 비롯해 남아시아의 해변을 처참하게 휩쓴 그 무서웠던 '쓰나미' 해일보다도 더욱 놀랄 사건이다.

인재人災 사건의 잔인성은 공포로운 것이다.

또 있다.

"서울 용산에 있는 초등학교 4학년 허許모양이 비디오를 돌려주러 집을 나선 뒤, 하루 만에 경기도 포천 논바닥에서 불에 탄 시신屍身으로 발견되었다"는 것이다. 범인은 허양 집 부근에서 가게를 운영하던 50대가 허양을 성추행하려다가 저지른 짓이었다. 그는 다섯 살 여아女兒를 성추행했다가 다섯 달 전에 집행유예로 풀려난 전과前科 9범이었다고 한다. 1년이 흐른 뒤, 허양이 다녔던 학교에서 '제1회 아동 성性 폭행 추방의 날' 행사장行事場에서, 허양의 아버지는 딸에게 보내는 편지 〈나쁜 어른들이 더 이상 없었으면〉을 읽다가 울음에 복받치고 말았다. 허양의 가족은 어둠과 고통의 나날을 살고 있다는 것이다.

이런 불행한 사건이 남의 일이 아닌, 내 일이라면 어떻겠는가. 참으로 두려운 일이 아닐 수 없다.

"사건 직후, 정부는 4건, 여야 의원들은 7건의 관련 법안을 국회에 냈다고 한다. 그밖에도 성 범죄자에게 위치 추적 전자電子 팔찌를 채우고, 유전자 감식정보를 수집하여 관리하며, 집행유예를 금하고, 형량刑量을 올리자는 법안들이 국회國會 법사위法司委에서 잠자고 있다"고 한다.

이렇게까지 나오게 된 것은, 인간이 개보다도 못하다는 강력한 생각이 뇌리에서 사라지지를 않는다.

〈때로는 개도 사람보다 낫다〉 이 명언은 아담한 액자로 표구되어 우리 집 거실에 걸려 있는지가 수십 년이 된다. 남편이 대학을 졸업할 때, 은사恩師인 가람 이병기李秉岐 스승에게 찾아가 받아온 오직 하나뿐인 소중한 휘호이다.

이 휘호는 우리 집 가보家寶처럼 집 안에 걸렸다가, 때로는 지구문학 사무실 벽에 걸어놓고, 오시는 손님들에게 자랑을 하기도 한다.

이 휘호가 몇 년 뒤에, 〈가람 문선집文選集〉에 들어가기도 했다.

나는 이 명언이 우리 자녀들에게도 훌륭한 교훈이 되기를 바라고 있다.

지금 생각하면 가람 이병기 선생은 앞을 내다보는 유명한 철학

가요, 시조 시인이라고 생각한다. 또 이 휘호를 볼 때마다 '시詩는 미래를 예언한다' 는 말이 떠오르기도 한다.

정녕, 바람에 팔랑대는 나뭇잎들까지도 '때로는 개도 사람보다 낫다' 고 입을 모아 소리소리 지르고 있는 듯싶기만 하다.

화합의 종소리

그 밖에 아키히토 일왕日王 부처가 사이판의 '만세 절벽'(높이 80m) 앞에서 제2차 세계대전 당시 죽은 일본인들을 위해서 묵념을 올렸다. 1944년 미국의 공격에 밀린 일본군과 민간인 1000여 명이 미군의 항복권유에도 불구하고, '천황폐하 만세'를 외치며 몸을 던져 자살한 곳이다. 이 때 사이판에 간 아키히토 일왕 부처가 "한국인 위령탑 전격 방문"한 사실도 얼마나 좋은 나라인가를 보여주는 내용이다.

화합의 종소리

목련꽃이 반 넘어 벙글었는데, 서울 시내에 하얀 우박이 후두둑 떨어졌다. 마침 귀한 손님 두 분을 모시고 점심을 대접하려고 일식日食 집을 향해 가는데 문득 이웃 일본이 떠올랐다.

아마도 백색에서 느끼는 목련꽃과 눈의 상대성 사이에서 일으키는 유사성과 적대성에서 느껴지는 감흥이 아닌가 생각된다.

하얀 우박을 맞으면서, 하얀 목련꽃을 보면서, 일본에 대한 신문 기사가 마치 고구려 고분 석문石門을 열고 하늘로 날으는 삼족오三足鳥처럼 떠올랐다.

'화이부동和而不同'이 세계평화를 가져올 것이라는 신문기사다.

중국의 철학 거두인 탕이제 베이징대학大學 교수의 내한來韓 강연 내용인데, "개인적으로 유교사상에서 서로 화합하면서도, 각자의 개성을 갖는다"는 의미와 "앞으로 화이부동和而不同이 세계의 문명 충돌을 막아줄 중요한 개념으로 등장할 겁니다." 라고 말했다.

그러나, 이와 반대되는 이웃 일본日本이 떠오르는 것은 어쩐 일일까? 일본 아베 총리는 위안부 강제 연행 사실을 부인하여, 우리

나라, 중국, 미국 등, 세계적으로 여론이 악화일로에 있다.

특히, "한국엔 기생집 많아 위안부 일상적"이라는 말에 자존심 문제로 몹시 마음이 상했다. 최근에 와서 일본 아베 총리가 한일韓日이 앞으로 해야 할 일을 산적해 두고 왜, 이래야만 되는가? 이해가 가지 않는다. 반대로 무라야마 전 일본 총리는 "위안부 강제 동원은 틀림 없는 사실"이라고 말했다. 이 얼마나 대조적인 진실을 말함이며, 한일韓日 관계에 좋은 본보기였던가.

일본 아사히신문朝日新聞이 '조목조목 비꼬면서' 고이즈미 준이치로小泉純一郎 총리를 비판하는 언론을 가진 나라가 바로 일본인 것이다. 고이즈미 총리는 국회에서 "어느 나라든 전몰자를 추도하는 마음을 갖고 있다. 어떤 방식의 추도가 옳을지는 다른 나라가 간섭할 문제가 아니다"라고 말했다.

"죄는 미워해도 사람은 미워하지 말라는 게 중국 공자孔子의 말씀"이라면서, 야스쿠니 신사를 계속 참배할 의욕을 밝힌 점에 대해서, 아사히신문의 사설社說에서는 고이즈미의 발언을 조목조목

風多의 사랑에 흔들리는 능수매화

반박한 바 있었다. 이것이 일본을 대변하는 진정한 양심이다. 이 얼마나 좋은 언론의 나라인가.

그리고, 명성황후 앞에 무릎을 꿇고 참회한 일본인들이 있다는 사실이다. 명성황후 시해범의 후손인 기와노 다쓰미와 이에이리 게이코가 고종황제와 명성황후를 합장한 경기도 남양주시에 있는 홍릉을 찾아 조상의 잘못을 대신 사죄한 사실이다. 그 밖에 아키히토 일왕日王 부처가 사이판의 '만세 절벽'(높이 80m) 앞에서 제2차 세계대전 당시 죽은 일본인들을 위해서 묵념을 올렸다.

1944년 미국의 공격에 밀린 일본군과 민간인 1000여 명이 미군의 항복권유에도 불구하고, '천황폐하 만세'를 외치며 몸을 던져 자살한 곳이다. 이 때 사이판에 간 아키히토 일왕 부처가 "한국인 위령탑 전격 방문"한 사실도 얼마나 좋은 나라인가를 보여주는 내용이다. 물론 일본군에게 강제로 끌려가서 죽은 영혼으로 보아진다.

무엇보다도 중요한 것은 첨예하게 대립되고 분쟁을 일으키고 있는 '독도' 문제다. 독도 주권 문제를 연구해 온 호사카유지保坂祐

김시원 수필집

二 세종대 교수는, 19세기 일본日本 지도에 '독도는 한국 땅'으로 표시해 일본인日本人이 제작한 고지도古地圖 사본 2점을 공개했다. 이번에 공개한 지도는 일제의 한반도 강점 이후 독도를 복속시키기 직전에 제작된 것이라는 점에서 의미가 크다고 주장을 했다.

이러한 진실을 사실대로 밝힐 수 있다는 일본인의 양심이 얼마나 훌륭한가를 느끼게 한다.

마지막으로 생각나는 것은 위안부 문제다.

"위안부 8만 ~ 20만 강제동원, 아베총리 책임회피는 잘못"이라는 '한일 공동 역사교재'이다. 기미지마 가즈히코君島和彦 도쿄학예대학 교수는 "한국과 일본학계의 연구 성과를 반영했고, 일본 정부의 보고서 등, 사실이 기초했기 때문에 우리들의 연구는 올바르다"라는 주장은 한일 양국兩國 학생들 모두가 알아야 할 사실이 아니던가. 이 얼마나 일본 학자들의 양심을 보여주는 좋은 장면인가.

독일은 자기들의 잘못을 하나도 속이지 않고, 사실대로 공동교과서를 작성하여 유럽의 미래 번영을 위한 정치를 하고 있는 것을

風多의 사랑에 흔들리는 능수매화

생각할 때, 놀라지 않을 수 없는 좋은 비교인 것이다.

이웃 일본은 나쁜 일과 나쁜 역사 조작만 꾸미는 나라만이 아니고, 좋은 일도 하는 나라이며, 훌륭한 사람들도 있다는 생각이다.

우리가 사는 아세아인도 실망하지만 말아야 한다는 생각이다.

유럽 국가들은 연합하여 정치, 경제, 사회적으로 발전하고 있지 않은가. 우리가 사는 아세아도 한국, 중국, 일본이 먼저 유럽연합(EU)처럼 '동북아 협력의 새 틀을 만들어야 할 때'가 온다면 얼마나 좋을까. '동북아 협력의 새틀' 을 만들고, 3국의 정치인들이 민족주의를 넘어서서 비자와 관세를 철폐하고, 화폐를 통일시키면 얼마나 살기 좋은 동북아 시대가 될 것인가를 생각해 보았다.

코피 아난 전 유엔 사무총장이 유엔 창립 60주년 기념일에 울렸던 '화합의 종' 소리가 지금도 귀에 맴돌고 있다.

이 종소리는 이웃 일본인日本人에게도 들리고 있겠지.

이 화합의 종소리가 들리는 한, 이웃 일본日本은 좋은 나라요, 좋은 우방이 될 수 있다고 확신해 본다.

4부

DMZ를 둥지삼아

DMZ는 자유_{自由}와 평등_{平等}을 위해서 인류를 대신해 피를 흘린 곳, 어렴풋이 나의 가슴 속에 십자가_{十字架}를 연상케 한다. 세계인들이 DMZ를 둥지삼아 핏자국의 흔적을 답사하기 위해서 노마디즘으로 나서야 하리라. 비극_{悲劇}은 희극_{喜劇}이 될 수 있고, 희극은 비극이 될 수 있다는 것이 인류 역사에서 띄엄띄엄 보여주고 있지 않은가. "DMZ를 둥지 삼아 100여 쌍 날갯짓"이라는 신문기사_{新聞記事}가 새삼 떠오른다.

風多의 사랑에 흔들리는 능수매화

DMZ를 둥지삼아

‘맥박이 뛰는 곳, 가슴이 출렁이는 곳, 이곳이 바로 한국의 DMZ라네.’

계절 따라 남북의 정세에 따라 전 세계의 인류가 잊을래야 잊을 수 없는 곳, 이곳이 바로 세계를 뒤흔드는 뉴스의 ‘둥지’라네.

오늘은 북한핵北韓核 6자회담者會談 뉴스가 어느 정도 기쁨을 갖게 하는 아침이다. 그 중에서도 노盧대통령 로마 발언인 “북北에 다 줘도 결국은 남는 장사”라는 역사적인 이야기다.

나는 한반도韓半島가 웃어야 할 일인지, 울어야 할 일인지는 앞으로 역사歷史가 말해 줄 것으로 믿는다.

DMZ는 자유自由와 평등平等을 위해서 인류를 대신해 피를 흘린 곳, 어렴풋이 나의 가슴 속에 십자가十字架를 연상케 한다.

세계인들이 DMZ를 둥지삼아 핏자국의 흔적을 답사하기 위해서 노마디즘으로 나서야 하리라.

비극悲劇은 희극喜劇이 될 수 있고, 희극은 비극이 될 수 있다는 것이 인류 역사에서 띄엄띄엄 보여주고 있지 않은가.

"DMZ를 둥지 삼아 100여 쌍 날갯짓"이라는 신문기사新聞記事가
새삼 떠오른다.

저어새는 세계적으로 동아시아에만 1,600 마리가 남아, 멸종 위
기의 보호새라 한다.

하얀 몸에 까만 주걱부리와, 긴 다리, 그 걸음걸이와 날갯짓을
볼 때, 조선시대의 선비 같은 기품이 나를 매혹케 하고 있음이다.
이러한 기품의 비상이 임진강과 한강 하구 사이의 DMZ에 위치한
섬의 푸른 하늘을 수놓을 때, 우리들의 가슴을 얼마나 설레게 하
는가.

동쪽 강화도 논이나, 남부지역 갯벌은 민물고기의 보고寶庫라고
한다.

따오기, 저어새 분과위원장인 국제자연보존연맹 '맬컴 클라크
컬터'가 말하기를 "김포시의 무인도無人島 유도는 한반도韓半島에서
저어새의 최대 단일 번식지로서 중요한 의미를 지니고 있다"라고
했다.

"한 번 멸종된 생물은 정상 복원이 불가능하므로 저어새 번식지인 유도와 강화도 동부 지역의 논과 갯벌은 체계적으로 함께 보호해야 한다"고 강조하고 있다. 우리는 이 점을 주목하고 보존 개발에 서두를 때라고 보아야 하지 않겠는가.

DMZ는 이 정도가 아니다.

사람의 손이 닿지 않는 숲과 밀림지대로서 온갖 식물과 동물의 희귀종稀貴種이 살고 있는 곳이다.

희귀종稀貴種의 식물과 동물의 보고寶庫로 국내 학생들의 실습지로서 그 가치價値 보존을 중요시 해야만 될 것으로 믿어진다.

그 밖에도 가장 중요한 것은 자유自由와 평등平等을 위해 수많은 나라에서 군인軍人들이 참전參戰하여 흘린 핏자국과, 전쟁의 상흔들을 유가족이나 그 후손들, 또는 그 나라 국민들이 탐방探訪을 해야 할 일이 남아 있는 곳이다.

영혼을 울리는 그 슬픈 바람소리, 새소리, 글썽거리는 풀 한 포기, 꽃 한 송이, 온 산을 울리고 있는 산짐승들의 으르렁대는 소리

를, 우리 민족들은 말할 것도 없고, 세계참전국들의 국민과, 세계
관광객들이 답사하여, 녹슬은 철조망을 손으로 만지며, 눈물을 흘
려야 할 일들이 남아 있는 것이다.

　그러한 일을 생각할 때, 우리나라는 ‘DMZ를 둥지삼아’ 세계 관
광지로 개발해야 하는 국가적 중대 사업이 숙제로 남아 있음을 잊
어서는 안 될 것이다. 그것은 참전 군인들의 넋을 달래야 하는 중
요한 사업이 남아 있기 때문이기도 하다.

　‘DMZ를 둥지 삼아’ 는 세계인들로부터 직접 눈으로 보게 하고,
자유와 평등의 평가評價를 받아야 하는 미래의 역사적 과제課題라고
믿어진다.

백제바람 부는 북한산성

백제의 영혼이 서린 북한산성의 석성石城은 산山 가슴에 가을 하늘을 안고, 고대古代의 숨소리로 산신山神처럼 역사를 말해 주는 듯싶었다. 북한산성은 무언지는 모르지만, 바람결에 여기저기서 고대古代 백제인들의 숨결이 묻어오고 있는 것 같았다. 돌 하나에 숨 쉬는 푸른 이끼도 백제인들의 땀냄새가 배어나는 듯싶다. 우리 선조 백제인들이 만졌던 그 돌을, 백제의 유전자遺傳子로 태어난 내가 지금 만지고 있는지도 모르는 일이 아닌가 하는 생각이 머릿속에 전자파처럼 스쳤다.

風多의 사랑에 흔들리는 능수매화

백제바람 부는 북한산성

백제의 눈빛들은 저러했을까.

백제의 마음들은 저러했을까

백제고대사百濟古代史의 기록문처럼 씻부신 하늘을 한 장 한 장 넘기는 가을바람이 해발 7백 미터가 넘는 석성石城에 앉은 우리들의 땀방울을 씻은 듯 부신 듯 거리고 있다.

그동안 북한산성 초입初入 부근 계곡으로 물놀이만 수 없이 다녔을 뿐, 석성石城 봉우리에 오르는 꿈을 처음 이루어보니 그 감회가 새롭다.

남편과 나는 가을 석성石城의 산바람에 기분이 상쾌했다.

백제의 영혼이 서린 북한산성의 석성石城은 산山 가슴에 가을 하늘을 안고, 고대古代의 숨소리로 산신山神처럼 역사를 말해 주는 듯 싶었다.

북한산성은 무언지는 모르지만, 바람결에 여기저기서 고대古代 백제인들의 숨결이 묻어오고 있는 것 같았다.

돌 하나에 숨 쉬는 푸른 이끼도 백제인들의 땀냄새가 배어나는

김시원 수필집

듯싶다.

　우리 선조 백제인들이 만졌던 그 돌을, 백제의 유전자遺傳子로 태어난 내가 지금 만지고 있는지도 모르는 일이 아닌가 하는 생각이 머릿속에 전자파처럼 스쳤다.

　이 작은 돌에서 푸른 이끼가 숨 쉬고 있다는 것을 곰곰이 생각해 볼 때, 아득한 옛날 우리 백제 선조들의 손때 묻은 포자胞子의 생명체인지도 모른다는 생각에 오묘한 자연의 섭리가 신기하기만 했다.

　나는 이 작은 돌에서 자라고 있는 포자의 생명체인 이끼를 가만히 내 코에 대어보고, 숨도 쉬어보고, 한참을 내 손 안에서 따뜻한 사랑과 체온으로 정을 주고 받으며, 잠시 백제인이 되어 앉아 있으니, 갑자기 오래된 기억이 떠올랐다.

　한 때, 남편이 사두봉신화蛇頭峰神話 연작시 집필 중에 자료를 얻기 위해 여기저기 정신없이 무엇인가를 찾고 다녔던 생각이 떠올랐다.

風多의 사랑에 흔들리는 능수매화

북한산성은 북쪽에서 내려오는 고구려의 남진南進을 막아 백제를 지키기에 방어선으로 가장 좋았고, 또 신라新羅에서 올라오는 북진北進을 막아 백제를 지키기에도 역시 가장 좋은 방어선으로 요충지要衝地의 산세가 아닌가 하는 생각이 들었다.

이 북한산성은 고대古代 백제시대에 처음으로 쌓아올린 것을 조선朝鮮 숙종 대代에 와서 다시 대규모로 쌓아, 더욱 튼튼하게 키우고 넓혔다. 총 길이가 11km에 이르는 석성石城으로 해발 700m가 넘는 최고 산악지대에 조성되었다는 역사적 사료로 전해진 성城으로 알고 있다

고려高麗 때나, 조선朝鮮 시대에는 외침을 막기 위해 본격적으로 개축되었다는 역사의 기록으로 알 수 있었다.

그 밖에 전쟁이 일어나면, 임금은 측근들을 데리고 피신하기 위하여 성내城內에 행궁行宮을 설치하였다는 역사에 의해, 행궁터나, 그 흔적을 찾아보았지만 전혀 알 길이 없었다.

다만, 가을바람에 나부끼는 쓸쓸한 산국山菊 만이 세월의 무상無常

함을 글썽이는 듯싶었다.

여기저기 걸리적거리는 칡넝쿨은 산성을 헤매는 우리의 발길이 무의미하다는 듯이 발목을 잡아끌며 칙살스럽게 얼기설겼다.

북한산성은 우리를 백제사의 고대사적古代史的 자료와 백제신화 같은 역사 속으로 조용히 인도해 주었고, 많은 사적史的 자료를 체득케 하였다.

어느덧 산 너머로 해가 기운 북한산은 예나 지금이나 백제바람으로 시원하게 불고 있는 듯싶었다.

風多의 사랑에 흔들리는 능수매화

협궤열차가 달리던 동호해수욕장

동호해수욕장은 지금도 삐걱거리는 협궤열차 소리가 들리고만 있
다. 때가 되어 시부모님 산소에 가게 되면, 가끔 동호해수욕장이 그
립다. 어느 날, 산처럼 밀려온 바닷바람이 내 손목을 잡고 바다로
달아났다. 백사장 가장자리 솔밭에 선 나는, 수십 년 전, 이곳 추억
이 파노라마처럼 떠올랐다.

협궤열차가 달리던 동호해수욕장

동호해수욕장은 지금도 삐걱거리는 협궤열차 소리가 들리고만 있다.

때가 되어 시부모님 산소에 가게 되면, 가끔 동호해수욕장이 그립다.

어느 날, 산처럼 밀려온 바닷바람이 내 손목을 잡고 바다로 달아났다.

백사장 가장자리 솔밭에 선 나는, 수십 년 전, 이곳 추억이 파노라마처럼 떠올랐다.

신혼 때였다. 우리는 큰시누네 외동딸 이채옥 내외와 함께 아주 오래 전에 이곳 동호해수욕장을 찾았던 시절이 있었다. 그들도 신혼 때였다. 신접살림을 서울 불광동에 차려놓고, 여름휴가를 전주全州에 내려와 우리와 함께 보내게 되어, 마치 의욕적인 생업生業을 협궤열차에 가득 싣고, 세상을 달리던 때였다.

동호해수욕장은 서해안에 있는 고창군내高敞郡內 작은 시골 해수욕장이다.

우리나라 서해안은 수심水深이 얕아서 조수潮水의 간만干滿이 아주 심한 편이고, 바닷물은 온천수처럼 뜨거웠다. 해안선 소나무밭 언덕 아래까지 캉캉춤처럼 밀려와 치솟던 파도자락이 눈에 보이지 않게 서서히 빠져 나가는 그 모습은 한없이 느리고 낭만적이었다.

썰물이 빠져 나가는 시간이 길고, 그만큼 바닷물은 아득했다.

그때, 8월의 불볕 태양열은 가마솥처럼 펄펄 끓었고, 바닷물이 빠져 나간 금모래밭은 십리길 염전鹽田처럼 펼쳐졌다.

우리 일행은 불단 모래찜을 즐겼고, 수평선을 향해 거닐기도 했다. 모래바닥이 너무 뜨거워서 발가락을 오그리고 바닷게처럼 엉금거렸던 기억이 생생하다.

동호해수욕장은 모래 바닷길을 한 오리쯤 걸어가야 바닷물이 발등을 적신다. 우리는 모래바다에 누워서 일광욕을 하다가, 뜨거운 물속에서 몸을 풀기도 했다. 그때만 해도 동호해수욕장은 쓸쓸했다. 순수하고, 인정이 넘치는 한가로운 시골 풍경이었다. 음식점도 별로 없었다. 숙박시설도 없었던 때였다. 다만, 해송海松 그늘

風多의 사랑에 흔들리는 능수매화

아래 몇몇 과일장사가 자리를 지키고 있었다.

우리 일행은 근처 민박을 찾아 투숙했다. 민박 분위기는 마치 외갓집에 와서 여름 방학을 보내는 기분이었다.

갓 잡아온 생선에, 싱싱한 야채, 구수한 된장찌개를 곁들인 푸짐한 식탁은 끼니때마다 더운밥을 먹을 수 있었다. 밤이면 마당에 피워놓은 모깃불 연기로 눈물도 흘렸고, 주인집 아저씨가 들려준 동호 마을의 유래와 전설적인 이야기로 밤이 깊어가는 줄도 몰랐다.

그 이듬해, 조카 내외는 불광동에서 대조동으로 새집을 지어 이사를 했다. 마침 우리도 직장 따라 전주에서 서울로 오게 되어 조카네 집 근처 대조동으로 이사를 했다. 같은 대조동에 살면서, 거의 매일같이 오가며 즐겁게 지냈다.

3년 후, 조카 채옥이는 오랫동안 심장병을 앓던 중에 우리나라에서는 수술手術이 어렵다는 판정을 받게 되었다. 조카사위는 백방으로 수소문한 결과, 치료治療차 미국으로 이민移民 결심을 하게 되었다.

　우리는 그들이 떠난 대조동 집 앞을 지나칠 때마다 한동안 목이 메고 눈시울이 뜨거웠지만, 주고 받은 안부 편지로 그 허전함을 달랠 수 있었다. 그러나 조카는 몇 해를 넘기지 못하고 그예 이승을 떠나고 말았다.

　인생은 '고민苦悶의 상징象徵'이요, '제행무상諸行無常'이라 하더니, 지금도 그 조카만 생각하면, 동호해수욕장이 떠오르고, 눈물이 앞을 가린다.

　그래서, 동호해수욕장의 추억은 나에게 슬픔이고, 눈물이다.

　멀리 노을이 타는 뻘밭에서 불어온 바닷바람에 눈물이 핑! 돌아, 문득 이가림 시詩 〈내 마음의 협궤열차〉 한 구절이 떠오른다.

　…… (전략) ……

바다가 노을을 삼키고

노을이 바다를 삼킨
세상의 끝
그 영원 속으로
마구 내달린다

출발하자마자
돌이킬 수 없는 뻘에
처박히고 마는
내 철없는 협궤열차

······ (하략) ······

구속의 은혜

나는 친구의 손을 꼬옥 잡고 위로의 말을 했다. "하기야, 자네 그 미모에, 그 재능에, 해박한 지식에, 똑소리 나는 마누라인데, 어찌 염려가 안 되겠는가? 만일 남편이 자네를 풀어놓는다면, 필시 기가 팔팔하게 살아서 치맛바람 날리고, 자유 분망하게 살아갈 것이 불 보듯 뻔한 생각이 들겠지. 그래서 꼼짝달싹 못하게 덫을 생각해 낸 것이니 오히려 고맙게 좋은 쪽으로 생각해. 교장마누라 노땡큐 라는 말도 겸손하라는 뜻으로 받아들이면 마음이 편하지. 안 그래? 구속의 은혜 몰라?"

구속의 은혜

신문 스크랩을 뒤지다가 '아프리카 나미브 사막'의 총천연색 모래바다 위에 우뚝 솟은 모래산이 눈에 띄었다. 한낮의 폭염…… 갑자기 갈증에 목안이 팍팍했다.

이 태고의 적막 앞에 침묵이 흘렀다. 제발 깨지 마라, 이 구속의 은혜. 깨알 같은 모래 한 알이 모여서 바다를 이루고, 그 위에 높은 모래 산을 만들고, 그 아름다운 능선을 만들고, 누가 이렇게 만들었다는 것인가.

그는 바람이다. 바람의 구속 아래 수시로 변하고, 숨쉬고 있는 타협의 미학美學인 것이다.

나는 이런 생각을 하자, 문득 광주에 사는 한 친구가 떠올랐다.

그녀는 '아프리카 나미브 사막'처럼 영원한 구속의 은혜 가운데 미학을 누리고 살기 때문이다.

수삼 년 전이다. 어느 해, 5월의 녹색바람이 가슴으로 파고드는 날, 전남 광주행 버스에 올랐다. 차창 밖에는 온통 푸르른 물결로 펼쳐진 들길을 가르며 광주에 도착했다.

시내에서 일을 마친 후, 광주에서 살고 있는 친구를 찾았다. 굳이 자기 집에서 하룻밤 묵고 가라기에 모처럼 택시를 탔다.

택시는 노을이 곱게 물든 '나미브 사막'의 길 같은 서쪽하늘을 바라보면서 10여분 달렸다.

친구 집 대문 앞에 이르러 벨을 눌렀다.

"워어이, 자넨가? 어서 와, 어서 와."

안에서 뛰어나오며 살갑게 반기는 사투리가 정겨웠다.

내가 거실로 들어가자마자 뒤이어 친구 남편이 퇴근하여 들어왔다.

"서울에서 친구 왔어요."

"안녕하세요?"

"네,"

인사를 주고받았다.

"무뚝뚝하기로 일등!"

친구는 내 귀에다 모래알처럼 속삭였다.

이튿날 아침.

친구는 새벽부터 남편 출근을 서둘러 바람처럼 보내놓고 나를 불렀다. 거실로 나온 나는 먼저 통유리로 된 육중한 창문을 열고 널따란 정원을 내다보았다.

전날 밤, 미처 보지 못했던 푸른 정원이 시원하게 눈에 들어왔다. 예쁘게 가꿔놓은 기름진 잔디가 마음을 기쁨으로 열어주었다.

옆집 담사이로 잘 자란 살구나무가 잎을 피워 눈부신 햇빛을 받으며 싱그러운 향기를 내뿜고 있었다.

"어머나! 정원이 참 좋다. 5월처럼 아름다운 계절이 또 어디 있을까……."

저절로 감탄사가 나왔다.

우리는 아침 식사와 차를 함께 하면서 마주 앉았다.

잠시 앉아 있던 친구가 벌떡 일어나더니 거실 유리창을 닦기 시작했다.

"나가 이렇게 산다. 화가 나 죽겠다."

친구는 느닷없이 불만이 가득찬 말투로 중얼거리다가 창문을 열고 뜰로 내려가더니 긴 호수를 들고 정원 한쪽에서부터 씨근덕 거리며 물을 뿌렸다.

"나가 못 산다. 이혼을 해야 하는데, 참는 거여……."

뭔가 가슴에 잔뜩 쌓인 친구는 오로지 힘주어 일하는 것으로 불 만을 풀고 있는 것 같았다.

사실, 내 친구는 모든 사람에게 사랑받는 친구다. 다정다감하고 어디 하나 버릴 것이 없는 멋진 친구다. 한 때, 고등학교 교직생활 을 할 때도 동료나 학생들에게 폭발적인 인기를 얻은 실력파였다.

한참동안 정원 손질을 마친 친구가 사막의 능선 같은 허리를 펴 며 거실로 들어와 나와 마주 앉았다.

"자네는 몰라, 우리 애들 아버지 얼마나 어려운지……."

"그래? 시집살이가 매웠겠네……."

"말도 마소, 징허네 징혜. 글쎄 내가 2년 전에 교장으로 승진할 기회가 있었는데, 교감 마누라는 데리고 살아도 교장 마누라는 노 땡큐래. 그러니 어쩌겠는가. 내가 눈물을 머금고 이렇게 집에 들어앉아야지……."

나는 말을 잃었다.

"그러니, 내 속이 속이 아니제. 불덩어리가 끓네, 끓어……."

푸념을 늘어놓는 친구를 바라보는 동안 마음 속으로 '아프리카 나미브 사막'의 모래 산을 생각하고 안타까운 미학을 느끼면서, 어쩌면 자신의 가슴 속에 아직도 허물지 못한 기대와 꿈이 남았을지도 모른다는 생각이 들었다.

나는 친구의 손을 꼬옥 잡고 위로의 말을 했다.

"하기야, 자네 그 미모에, 그 재능에, 해박한 지식에, 똑소리 나는 마누라인데, 어찌 염려가 안 되겠는가? 만일 남편이 자네를 풀어놓는다면, 필시 기가 팔팔하게 살아서 치맛바람 날리고, 자유분망하게 살아갈 것이 불 보듯 뻔한 생각이 들겠지. 그래서 꼼짝달싹 못하게 덫을 생각해 낸 것이니 오히려 고맙게 좋은 쪽으로 생각해. 교장마누라 노땡큐 라는 말도 겸손하라는 뜻으로 받아들이면 마음이 편하지. 안 그래? 구속의 은혜 몰라?"

가재는 게 편이라고 말은 그렇게 해놓고, 나도 맘속으론 '지금이 어느 땐데…… 여자지만 능력 있는데 무슨 걱정?' 은근히 부아가 치밀었다.

이런저런 이야기를 하다 보니 11시 30분이 되었다.

전화벨이 울렸다.

수화기를 든 친구가 짧게 대답만하고 수화기를 놓았다.

"왜? 무슨 일?"

나는 심상치 않아서 친구에게 물었다.

"오늘 점심은 불고기."

위 아래도 없이 오늘 점심은 불고기라고 했다. 알고 보니 개인 병원을 운영하고 있는 남편께서 오늘의 점심 메뉴를 알리는 내용이었다. 그리고 점심은 꼭 집에서 손수 요리를 즐긴다고 덧붙였다.

風多의 사랑에 흔들리는 능수매화

친구는 30분 동안 부지런히 움직였다. 불고기에 곁들일 야채를 정갈하게 씻어 놓고, 고명 준비를 해놓았다.

정오에 현관문이 열리고 친구 남편이 들어왔다. 아프리카 나미브 사막의 바람처럼…….

그분은 손을 씻고 나오더니 혼자 식탁에 앉아서 손수 요리를 하면서 점심식사를 했다.

나는 그 모습을 보고 무던한 내 친구에게 뜨거운 박수를 보내고 싶었다. 친구 남편은 '아프리카 나미브 사막' 에 부는 바람처럼 자유롭고 생각이 완고했다. 친구는 '아프리카 사막' 의 모래알처럼 아름다웠다. 사막에서 부는 바람결에 따라서 한 알의 모래알로 바다를 이루고 모래 산을 이루고 태고의 적막처럼 고요하고 평화롭게 살아가는 친구의 타협의 미학에 놀랍기만 했다.

수 삼년이 지난 오늘, 구정을 앞두고 이런저런 생각 끝에 문득, 그 친구가 생각나면서 그 가정에 살아 숨쉬는 구속의 은혜를 떠올렸다.

하늘 아래 첫 동네

하늘 아래 첫 동네? 그 곳이 어디일까? 나는 한시도 지체할 수가 없어 당장 수소문하여 알아냈다. 지리산자락 하늘 아래 첫 동네! 전라북도 구례군 산동면 좌사리 '심원마을'이라 했다. 이 심원마을은 조선 고종 때인 1,800년대 후반에 약초를 캐고, 토종꿀을 키우기 위해 사람들이 모여들면서 형성되었으며, 백제군에 쫓긴 마한 임금의 마지막 피난처였다는 '달궁계곡'의 끝머리에 있는 해발 750m의 마을이라고 했다.

風多의 사랑에 흔들리는 능수매화

하늘 아래 첫 동네

꿈의 동네! 신비로운 동네!

하늘 아래 첫 동네가 있다는 말을 듣는 순간 나는 눈이 번쩍 뜨이고 너무너무 신기했다. 하늘 아래 첫 동네? 그 곳이 어디일까?

나는 한시도 지체할 수가 없어 당장 수소문하여 알아냈다.

지리산자락 하늘 아래 첫 동네! 전라북도 구례군 산동면 좌사리 '심원마을' 이라 했다. 이 심원마을은 조선 고종 때인 1,800년대 후반에 약초를 캐고, 토종꿀을 키우기 위해 사람들이 모여들면서 형성되었으며, 백제군에 쫓긴 마한 임금의 마지막 피난처였다는 '달궁계곡' 의 끝머리에 있는 해발 750m의 마을이라고 했다.

첩첩산중 하늘 아래 첫 동네가 어디쯤에 있을까? 궁금했다. 가슴 설레어, 보고 싶은 마음에 친구 김수지金水志 수필가와 급히 날을 받았다.

1996년, 아직은 따가운 햇살이 내리는 9월 초가을!

민족의 영산靈山인 지리산 노고단(1507m)을 지붕 삼아, 그 턱 밑에 숨어 있는 하늘아래 첫 동네를 찾아가기 위해 서둘러 나선 수

지와 나는 남원역에서 내렸다.

　오후 5시. 우리는 남원용성국민학교 제38회 동창회장 이현정 씨의 배려로 예약해 놓은 택시에 올랐다.

　"기사님, 얼마나 가야 해요?"

　급한 마음에 거리를 물었다.

　"한참 가야 합니다."

　나는 하늘 아래 첫 동네를 가고 있다는 생각에 꿈만 같아 가슴이 뛰었다. '어떻게 생겼을까? 찌그러진 초가집? 태초에 선남선녀가 살았던 곳? 아니면, 비밀한 곳만 가린 채 아담과 이브가 살던 곳? 사과나무가 있을까? 뱀이 있을까?'

　굽이굽이 올라가면서 온갖 상상을 하는 동안 어언 해발 750m 팻말이 보이고 하늘아래 첫 동네 간판이 보였다.

　드디어 도착했다는 반가운 설렘으로 가슴이 벅찼다. 택시 기사는 우리가 내리자마자, 내일 아침 10시에 오겠다는 말을 남기고 휭하니 떠났다. 친구와 나는 한동안 서서 주위를 살폈다.

해발 750m 팻말 앞에서 아래를 굽어보니, 나직이 산허리를 돌아 흐르는 햇솜 같은 구름이 바쁘게 흩어지면서 어디론가 흘러가는데, 그 한 자락이 안개처럼 부드러운 감촉으로 내 뺨에 잠시 입맞춤하고 지나갔다. 고개를 들어 위를 올려다보니, 하늘이 내 이마에 닿을 듯 닿을 듯 하늘 아래 첫 동네라는 실감이 들기도 했다.

우리가 예약한 숙소는 20m쯤 아래, 슬레이트 지붕이 보였다. 주위를 둘러보니, 위로 30m쯤에 한 채, 그리고 앞 언덕 50m쯤에 한 채, 드문드문 대여섯 채의 집이 있었다.

부엌에서 검은 솥단지를 걸어놓고, 아궁이에 불을 지피고 있던 아주머니 두 분이 우리를 반겼다. 크고 작은 넓적한 돌 여러 개를 모자이크하듯이 잘 맞춰놓은 부엌바닥은 물이 흥건했다.

깊고 깊은 산골짝 바위틈에서, 수목이나 약초를 스쳐 나온 물을 호스로 연결하여 사용하기 때문에 계속 흐르고 있었다.

부엌을 통해 방으로 안내 받은 우리는 잠시 동안 앉지도 못하고 엉거주춤 서 있었다. 벽에서, 방바닥에서 물씬물씬 흙내가 났다.

어설펐다. 우리는 말은 없었지만, 되돌아가고 싶은 생각이 서로의 표정에서 느낄 수 있었다.

잠시 후, 한 아주머니가 물컵을 쟁반에 올려 들고 와서 앉았다.

아주머니 두 분만 무서워서 어떻게 사느냐고 물었더니, 무섭지 않다는 것이다. 가끔 뱀탕 예약 손님이 있어서 그럭저럭 살아가는데, 눈이 쌓이면 교통이 두절되니까 좀 있으면 아랫동네로 내려가야 한다는 것이다. 그리고 밤에 유리창으로 뱀이 들어올지도 모르니까 조심하라는 말을 덧붙였다.

우리는 창문을 보았다. 방충망이 찢어져서 고쳤는데도 아귀가 맞지 않아 허술했다. 무서웠다. 그러나 어쩔 수가 없었다. 저녁 식사는 선택의 여지가 없는 백숙이 나왔다. 닭이 너무 컸다.

"혹시 뱀 먹은 닭?"

"그럼 보약이게?"

비위가 약한 나는 먹는 둥 마는 둥 대충 넘어갔다.

겨우 마음을 추스르고 잠자리에 들었다. 자정이 넘었다. 배가

風多의 사랑에 흔들리는 능수매화

살살 아팠다. 부엌으로 통한 문을 열고 밖으로 나왔다.

아래로 25m쯤 개울가 근처 뒷간을 가야 하는데, 발걸음이 떨어지질 않았다. 마침 음력 열사흘 푸른 달빛만 휘휘했다.

배가 심하게 더는 참을 수 없도록 아팠다. 대신 갈 수 없는 곳이 뒷간과 죽음이라 했던가. 속으로 생각하며, 마음을 굳게 다지고 걸음을 재촉했다. 그러나 중간쯤에서 오금이 저렸다. 무서움이 전신을 감돌았다. 어찌어찌 뒷간에 들어서자, 백제군에 쫓긴 마한 임금의 깊은 한숨 소리가 들리는 듯싶었다. 나는 헛기침 두어 번으로 기를 모았다.

가까스로 방으로 돌아온 나는 자꾸만 창문에 신경이 쓰였다. 피곤했던지 꽃잠이 든 친구가 깰까봐 조심조심 거의 날밤을 보냈다.

하늘 아래 첫 동네는 창 밖의 귀뚜라미 울음으로 날이 밝았다.

우리는 예약된 택시에 올라 미끄러지듯 그곳을 벗어났다. 마냥 신기하고, 설레고, 황홀하게 상상했던 하늘 아래 첫 동네! 그래도 하룻밤 묵었으니, 역사적 인물이 된 것 같아서 흐뭇하기만 했다.

5부

지구의 종말은 없다

"태양이 15만년 동안 방출하는 에너지보다도 많은 양量의 에너지를 0.1초 만에 뿜어낸 우주 대폭발이 관측됐다"는 것이다. 나는 NASA의 관측 소식을 듣고, 한참동안 멍하니 있었다. 이러한 중성 자 별(SGR 1806-20)이 어느 때인가 지구地球에 충돌한다면, 인류 가 살고 있는 지구는 또 어떻게 될 것인가를 곰곰이 생각해 보았지 만, 아무리 생각해 보아도 이 우주宇宙의 신비神秘로움에서 헤어날 수가 없었다.

지구의 종말은 없다

지구의 종말은 오고 있는가.

학자들은 물론이요, 지구상의 도처에서 환경단체인들까지 날마다 지구의 종말은 오고 있다는 경고의 충고다.

우선 끔직스러운 소식은, '남극南極 지도가 달라졌다'는 동아일보 기사다.

나는 2005년 4월 18일자 유럽우주국(ESA)에서 공개한 빙산 충돌 위성사진을 보았다.

세계 최대의 '빙하 B-15A'가 충돌하여 드라갈스키곶 일부가 떨어져 나갔다고 한다.

'빙하B-15A'는 서울 면적의 5배인 3,100km²이고, 충돌로 부서져 나간 조각의 길이는 3km쯤 된다고 한다. 이 조각은 남극대륙南極大陸의 얼음바다에 변화를 일으키고 있다는 증거다.

AP통신은 "이 충돌로 남극에 근무하는 과학자科學者들과 야생동물野生動物들이 어려움을 겪을 것"이라고 전망했다.

과학자들은 새로운 뱃길을 모색해야 하고, 펭귄은 먹이를 구하러 175km나 더 멀리 나가야 한다는 것이다. 그 뿐만이 아니다. "인류의 고향故鄕인 아프리카의 호수湖水들이 죽어가고 있다"는 것이다.

지구상에 마지막 남은 지구의 간장肝腸 한 조각 같은 아프리카 호수가 말라간다는 소식에, 내 간장에 통증을 느꼈다.

"677개에 달하는 아프리카의 많은 호수 중, 대다수가 수자원水資源의 무분별한 남용과 삼림훼손, 가뭄을 비롯한 기후 변화, 부적절한 댐 건설 등으로 인해 몸살을 앓고 있다"는 뉴스다.

앞으로 "수많은 주민이 아프리카의 호수에 의존해 살아가고 있기 때문에, 대체할 만한 생계수단을 그들에게 마련해 주지 않는 한, 호수에 가해지는 환경 압력이 계속될 것"이라고 염려들을 하고 있다. 이 같은 현상은 물론 산림 훼손과 기후 변화 탓이라고 말하고 있다.

이 호수는 모든 대륙을 통틀어서 가장 많은 양量이라는 것에 놀라지 않을 수 없다.

이 난제難題를 막기 위해서는 아프리카뿐만 아니라, 지구상의 환경오염과 난개발 다양화를 줄이는 데 있는 것이 아닌가 생각해 보게 된다.

더더욱 놀라운 것은, 공중空中에서 찍은 민대가리 사진인 것이다. 브라질 마토그로소주 아마존 정글 일부는, 달랑 나무 한 그루 남아 있고, 그 밖에 모든 임야林野가 민둥산으로 벗겨져 있었다.

문득 옛 유대인 수용소 아우슈비츠가 떠올랐다. 약 64평의 지하실에 하루 5천명이 들어가면 문이 닫히고, 천정에선 독가스가 흘러 나왔다. 20분 만에 학살된 재소자들은 머리털이 7t씩 잘려서 담요로 만들어졌다는 것이다. 민대가리 사진을 보고 이런 생각이 떠오르는 것은 어쩐 일일까?

하루에 축구장 100개 크기의 밀림이 벌목되어 농작물 재배, 도로건설 등의 이유로 파괴되고 있다는 말도 들린다. 이 같은 소식은, 희생 당하는 대자연이 인간을 암적癌的 존재로 여긴다는 생각에서 놀라지 않을 수가 없다.

이곳 역시, 지구상地球上에 마지막 남은 폐肺 한 조각이 아니던가.

아마존 정글에서 으르렁대며 살던 산짐승들은 다 어디로 쫓겨 났을까. 지저귀리며, 폴폴 날던 온갖 조류鳥類들은 다 어디로 날아 갔을까.

희귀종 산림山林들과 덩굴성 식물들, 수많은 이름 모를 자생 꽃 들은 또 다 어디로 사라졌을까.

엉기덩기 춤추며, 사랑하던 온갖 곤충류昆蟲類의 숨결은 어디쯤 에서 끊어졌을까.

먹이를 나르고, 알을 낳아 생生을 위한 종족 번식에 십리十里줄을 잇는 개미떼들도 다 어디로 가서 말라죽었을까.

생각만 해도 끔찍한 사건이며, 소름이 돋는 충격이 아닐 수 없 다.

숲이 사라진 브라질 마토그로소주 아마존 정글 일부가 민둥산 이라니, 아무리 생각해도 놀랍고 맥이 풀리는 하루였다.

나는 '지구의 종말은 없다' 라고 생각하고 싶은 사람이다.

그러나, 손에 든 신문은 또 하나의 놀라운 사건이 있었다.

"천문 관측 이래 최대 우주 폭발"이라는 기사다.

"5만 광년 떨어진 궁수자리 별, NASA가 2004년 12월 27일 관측"한 상상이었다.

"태양이 15만년 동안 방출하는 에너지보다도 많은 양量의 에너지를 0.1초 만에 뿜어낸 우주 대폭발이 관측됐다"는 것이다.

나는 NASA의 관측 소식을 듣고, 한참동안 멍하니 있었다.

이러한 중성자 별(SGR 1806-20)이 어느 때인가 지구地球에 충돌한다면, 인류가 살고 있는 지구는 또 어떻게 될 것인가를 곰곰이 생각해 보았지만, 아무리 생각해 보아도 이 우주宇宙의 신비神秘로움에서 헤어날 수가 없었다.

지구地球의 종말終末은 오고 있는가?

지구의 종말은 없다?

이러한 관측이나 판단은 과학적으로도 아직은 증명할 수가 없는 난제難題 중의 난제가 아닐는지?

만약에 'SGR 1806-20' 같은 중성자 별이 어느 땐가 우리가 살고 있는 지구와 충돌을 하게 된다면, 그래도 지구상에 생명체生命體가 살아남을 것인가 하는 생각도 들었다.

아무리 난제難題라 할지라도 문학文學은 문학정신에서 발생하는 미래未來의 예언豫言을 하고 싶은 나의 소신은 어쩌지 못하는 것이다.

나는 말하고 싶다.

충돌 이후에도, 거기에 '상응相應하는 존재存在'가 남을 것이며, 그 존재 상황에서 적응되는 생명체生命體가 발생될 것이라는, 태초太初의 신념을 예언하고 싶은 생각이 끊임없이 들었다. 그래서 나는 '지구의 종말은 없다' 라고 예언을 하고 싶은 것이다.

인간人間이 살아가는 동안이나마 소중한 꿈과 그리움에 대한 노력努力의 아름다움을 포기하지 않기 위해서다.

이것이 우리 후손들에게 남겨주고 싶은 나의 예언豫言이다.

고래 60마리의 떼죽음

"호주에서 고래 60마리가 떼죽음." 오늘 중앙일보에서 읽었던 기사다. 신문 기사는 좀처럼 머리에서 지워지지 않고 공포로운 사건으로 남았다. "2005. 10. 25. 호주 남부 태스메니아 매리언 만灣 근처에서 파일럿 고래 60여 마리가 파도에 떠밀려 해안으로 올라와 떼죽음을 당했다"는 것이다. "구조대원들의 노력으로 10여 마리는 무사히 구조돼 바다로 돌아갔다"는 매리언 만 = AP 연합뉴스를 보고, 문득 안도연의 시詩 〈고래를 기다리며〉가 떠올랐다.

風多의 사랑에 흔들리는 능수매화

고래 60마리의 떼죽음

“호주에서 고래 60마리가 떼죽음.”

오늘 중앙일보에서 읽었던 기사다.

신문 기사는 좀처럼 머리에서 지워지지 않고 공포로운 사건으로 남았다.

“2005. 10. 25. 호주 남부 태스메니아 매리언 만灣 근처에서 파일럿 고래 60여 마리가 파도에 떠밀려 해안으로 올라와 떼죽음을 당했다”는 것이다.

“구조대원들의 노력으로 10여 마리는 무사히 구조돼 바다로 돌아갔다”는 매리언 만 = AP 연합뉴스를 보고, 문득 안도연의 시詩 〈고래를 기다리며〉가 떠올랐다.

“고래를 기다리며/ 나 장생포 바다에 있었지요/ 누군가 고래는 이제 돌아오지 않는다 했지요/ 설혹 돌아온다고 해도 눈에는 보이지 않는다고요/ 나는 서러워져서 방파제 끝에 앉아/ 바다만 바라보았지요/ 기다리는 것은 오지 않는다는 것을/ 알면서도 기다리고, 기다리다 지치는 게 삶이라고/ 알면서도 기다렸지요/ 고래를 기다리는 동안/ 해변의 젖꼭지를 빠는 파도를 보았지요/ 숨을 한 번 내쉴 때마다/ 어깨를 들썩이는 그 바다가 바로/ 한 마리 고래 일지도 모른다고 생각했지요."

　마음이 우울했다.
　60마리가 한꺼번에 집단 자살한 사건이라고 보아진다.
　고래는 지능지수가 높아서 이처럼 세상을 깜짝 놀라게 하는 정서로 생각이 들었다.
　고래는 암수간에 사랑의 깊이가 사람보다 났다고 생각해 보았다.
　고래는 여자女子를 사랑하는 애정愛情이 사람보다 훨씬 크다는 기억으로 번득였다.
　아마도 여자 고래가 몸이 아파서 파도에 떠밀려가고 있는 것을 남자 고래가 보호본능의 기사도騎士道에서 동행하던 길이 바로 호주 남부 태스메이니아 매리언 만灣 근처가 되었는지도 모르는 일

風多의 사랑에 흔들리는 능수매화

이다. 그러다가 썰물이 되어가는 그 무서움도 아랑곳하지 않고, 계속 여자 고래를 보호하다가 시간을 놓쳐버리는 바람에, 미처 바다로 빠져나갈 수가 없었던 것 아닌가 여겨진다.

아니면, 여자 고래가 몸이 아파 더 이상 수영 능력이 없어서 낙오되었는데, 남자 고래 떼만 차마 떠날 수가 없어서 집단 자살로 볼 수 있는 사건이 아닌가 싶기도 했다.

'사람들 같으면 어떻게 되었을까' 생각이 비교되어 몹시 고민스러웠다.

이런저런 생각 끝에, 100여만 명이 희생된 나치 살인공장 '아우슈비츠'가 떠올랐다. 나치 의사醫師들은 생체실험을 한다고, 남녀 성기 절단 등, 차마 입에 담을 수 없는 만행이 떠오르기도 했다.

만약에 인간들의 자연 파괴로 인한 독극물毒劇物의 집단 피해로 방향 감각 상실증에 의해서 파도에 떠밀린 사건이라면, 또 얼마나 인간들이 큰 죄악을 저지른 꼴이 되었을까 싶으니 기가 막힐 뿐이다.

　이러한 사건들이 이곳저곳에서 여러 번 있었다는 뉴스를 들은 기억으로 볼 때, 인간들의 잘못이 얼마나 큰 죄악을 범하고 있는지 모른다.

　이 같은 사건들을 안도연 시인이 알게 되었다면, 그 마음은 어떠했을까 상상해 보아진다.

　장생포 바닷가에서 고래를 기다리던 안도연 시인, 그 마음의 상처는 얼마나 크고 또 고민하였을까…….

　그때, 안도연 시인이, 호주 남부 태스메이니아 매리언 만灣 해안가에 앉아서 고래를 기다리다가 이러한 사건이 눈앞에 다가왔었다면, 그의 마음과 행동은 어떠했을까?

　나 같으면, 그 순간, 고래 떼의 구조 요청으로 당국에 달려갔을까? 아니면, 죽어가는 고래 떼를 껴안고 몸부림을 치면서 함께 울었을까? 이 같은 생각이 하루 종일 나에게 슬픔으로 남았고, 새삼 생명에 대한 존엄성을 느끼지 않을 수 없었다.

　호주에서 고래 60마리 떼죽음은 자살인가, 타살인가, 끝내 의문

風多의 사랑에 흔들리는 능수매화

이 가시지 않았다.

안도연 시인의 후속 시편詩篇이 기다려지는 마음은 어쩐 일일까.

고래 떼의 영혼이여! 수중용궁水中龍宮에서 편히 쉬었다가 세상에 다시 태어나거라.

행복 에너지

― 원자력과의 만남

오늘 따라 '반야경'과 '원자학'의 상관관계의 원리가 고속도로처럼 함께 달리고 있는 것 같다. 김희준金熙濬 서울대 교수가 말한 '신기한 원자의 세계' 이론에 따르면, 태양계에서는, 태양계 질량이 대부분을 차지하는 태양이 중심의 핵核을 이루고, 태양 바깥의 대부분 공간은 텅 비어 있다는 것이다.

風多의 사랑에 흔들리는 능수매화

행복 에너지

— 원자력과의 만남

차창 밖에 알몸으로 다가오는 11월의 하늘을 바라보니, "색즉시 공色卽是空"이라, 문득, 반야경般若經에서 번쩍이는 말이 생각났다.

즉, "색色에 의하여 표현된 현상은 평등 무차별한 공空, 곧 실상實相과 상즉相卽하여 둘이 없다는 뜻"이 신비롭기만 하다.

이 말은, 어쩐지 11월의 하늘이 '색즉시공'으로 다가오며, '원자原子'를 연상케 하고 있음은 웬일일까.

오늘은 지구문학과 지구문학작가회의 공동으로, '월성원자력발전소'의 초대를 받아 '행복에너지'를 찾아 원자력과의 만남으로 가는 길이다.

오늘 따라 '반야경'과 '원자학'의 상관관계의 원리가 고속도로처럼 함께 달리고 있는 것 같다.

김희준金熙濬 서울대 교수가 말한 '신기한 원자의 세계' 이론에 따르면, 태양계에서는, 태양계 질량이 대부분을 차지하는 태양이 중심의 핵核을 이루고, 태양 바깥의 대부분 공간은 텅 비어 있다는 것이다.

이와 비슷하게 원자 질량의 대부분을 차지하는 '양성자'와 '중성자'는 중심의 원자핵을 구성하고, 가벼운 '전자'는 핵 바깥의 텅 빈 공간에 구름처럼 퍼져 있다고 한다.

그래서 양성자, 중성자, 전자, 이 세 종류의 입자가 차지하는 영역은, 작고 밀도가 높은 원자핵原子核이라는 영역이며, 그 바깥의 텅 빈 영역, 이 두 영역이라고 한다.

다시 말하면, 양성자와 중성자와 전자는 원자 속 텅 빈 공간을 누비고 있다는 것이다. 그래서 원자 하나 하나가 텅 비어 있다는 것이다.

내가 너무나 전문지식을 아는 척하는 것 같다. 하여튼 반야경에서 말하는 '색즉시공'과 '원자'와의 이론과 내용이 시대와 연대의 차이에도 불구하고 어쩌면 그렇게도 같다는 데서 충격적인 생각이 자꾸만 내 가슴을 벅차게 하고 있기 때문이다.

서울 출발의 아침은 잿빛 하늘이더니, 정오를 넘어서면서 태양이 눈부셨다. 우리가 탄 버스가 경상도 산자락을 기우뚱 넘어서

風多의 사랑에 흔들리는 능수매화

자, 파란 동해의 물빛이 옛날 어머니의 쪽빛 치맛자락처럼 정겨움
이 왈칵 밀려왔다. 금세 눈시울이 뜨거웠다. 눈 딱 감고 기쁨과 슬
픔이 범벅진 손뼉이라도 치고 싶었다. 마음이 몹시 흔들렸다. 아
마도 나의 탓이려니 여겨졌다.

하늘과 바다가 어우러진 아득한 수평선! 거기에도 지구와 지구
를 둘러싼 텅 빈 공간에 원자의 유희가 아니던가!

수평선을 바라보니, 슬프도록 아름답다.

미美의 바닥에는 애수가 깔려 있기 때문인지도 모른다.

남북의 경의선을 이어놓은 실크로드로 가는 길처럼 아름답다.
그러나, 미국이 번쩍 눈앞에 떠오르는 것은 어쩐 일일까.

내 오목 가슴은, 벌써 꺼내 든 휴전선의 위험한 깃발처럼 펄럭
이기 시작했다.

어느덧 봉길해수욕장과 관성해수욕장 사이에 자리한 월성원자
력발전소가 독서벗처럼 우뚝 서 있었다.

월성원자력발전소는 명당이었다.

　동해가 바라보이는 자리, 해풍이 불어오는 환경, 이런 산자락 발치에는 의례히 까다로운 한국의 자생란의 번식지가 되는 것인데……, 하면서 안으로 들어갔다.

　강의를 듣고, 현장을 일일이 확인하면서 점점 느껴지는 원자력과의 만남은 독버섯이 아닌, 우리 생활에 유익한 송이버섯 같은 친근감으로 어울리고 있었다. 송이버섯이 인간에게 주는 영양가처럼 원자력발전소는 우리 인류에게 행복에너지를 넘치게 주고 있다는 것을 절실하게 느꼈다.

　현대사회의 문명의 원동력은 에너지인 것이다.

　우리나라처럼 부존자원이 빈약한 나라에서는 총 에너지의 97퍼센트 이상을 수입에 의존하고 있다는 것을 알게 되었다. 그 중에 원자력이 필수적이라는 것도 알게 되었다.

　그 두 번째로는 원료공급의 안전성을 들 수 있었다.

　우라늄은 세계 전역에 고루 분포되어 있어서 세계 에너지 정세에 크게 영향 받지 않는다는 점이다.

가장 중요한 것은 환경친화적 에너지라는 것이다.

지구온난화, 산성비 등과 같은 지구환경문제가 날로 심각해지고 있다는 사실이다.

이 같은 문제는 이산화탄소, 황산화물, 질소산화물 같은 환경오염물질을 배출하는 화석연료의 과다 사용이 주원인이라는 것이다. 이에 비해 원자력발전은 이산화탄소를 배출하지 않는 환경친화적 에너지로서 지구환경문제를 방지할 뿐만 아니라, 전세계가 관심을 갖고 있는 '기후변화협약'도 대비할 수 있다는 것이다.

그밖에도 새롭게 느껴지는 것은 원자력발전소의 안전대책을 들 수 있다.

그동안 원자력하면, 독버섯처럼 느껴 왔지만, 그 사실은 안전성 확보를 최우선으로 하는 원자력발전소라는 점이다.

방사성물질이 밖으로 새어나가지 못하도록 설계부터 건설, 운영까지 안전에 만전을 기하고 있다는 사실을 실감나게 한 것이다. 이 밖에도 믿음직스러운 것은 안전설비의 설계특성과, 지진에도 대비한 설계, 대중방호설비 등을 들 수 있었다.

그동안에 기억에서 지워지지 않던 원전 주변에서 기형송아지가 나왔다는데, 그것은 사실이 아니고, '아까바네병'에 의한 것으로 확인되었으며, 방사선과는 무관한 것으로 밝혀졌다는 사실도 알게 된 것이다.

문제는 방사성폐기물 처리가 고민거리로 남았지만, 앞으로 연구과제로 삼아야 할 것 같다.

월성원자력발전소의 견학을 마치고 나니, 햇살은 뉘엿뉘엿 서쪽으로 넘어갔다. 노을빛이 가슴에 물들자, '빛'에 대한 생각이 번쩍 다가왔다.

원자력발전소에만 안주하지 말고 끊임없는 연구 개발이 이어져야 할 것 같다.

그동안 한미韓美 연구팀이 개가를 올린 차세대 '양자컴퓨터' 개발 청신호라는 신문보도가 머리에 떠올랐다.

고체 물질을 이용해 빛을 정지시켰다가 재생하는 실험에 성공

했다는 사실이다.

이러한 연구가 실생활에 적용된다면 얼마나 큰 인류의 행복일까…… 생각해 보는 날이기도 했다.

바닷바람에 정원의 단풍잎이 내 얼굴을 스치고 날아갔다.

'공즉시색空卽是色!'

‘망령의 춤’은 돌아오지 않는다

내 마음 속에서 열린 무대 위에서는 ‘이라크 북한전 동시 수행 능력 있다’는 미국의 선전 구호 간판이라도 지나가고 있는 듯싶었다. 이와 동시에 ‘한반도 미군 증강 때는 선제 공격할 수도 있다’는 북한의 선전 구호 간판도 동시에 함께 지나가고 있는 듯싶었다. ‘대량 살상 무기’ 대 ‘선재 핵사용’도 배제할 수 없다는 주장들이 스스럼없이 나오고 있는 실정이다.

'망령의 춤'은 돌아오지 않는다

겨우내 드리웠던 우중충한 커튼을 신춘의 날개처럼 활짝 열어 젖혔다.

마치 어디선가 '망령의 춤'을 공연하기 위한 무대의 막을 올리는 징소리라도 들리는 듯싶었다.

납처럼 무거운 겨울비가 징소리에 묻어 유리창에 희끗거리는 것 같았다.

나는 우리 집 아파트 1층에서 모처럼 흙냄새를 맡기 위해 유리창마저 열었다. 문득 계미년의 우수·경칩을 몰고 온 비 비린내가 코끝에 실려와 우울했다. 이런 날이면 어머니께선 내 어릴 적 고향집 담장 아래에 구덩이를 파고 호박씨를 심었다.

그러나 오늘, 창 넘어 어린이 놀이터를 스쳐온 바람 끝이 아직은 목덜미에 차가운데 어머니의 차도는 어떠신지.

베란다 양지 쪽, 목련의 나목이 바람결에 '망령의 춤'이라도 추는 듯이 내 심정을 흔들어대고 있다.

어린이 놀이터를 에두른 겨울 금잔디 밭에서도 가녀린 새싹의 숨소리가 들려오는 것 같았다.

그러나 2003년 신춘의 파릇파릇한 꿈은 어쩐지 '망령의 춤' 소리인 듯 가슴에 쿵! 하는 변주곡으로 들려오는 것은 어쩐 일일까.

"나를 '운디드니'에 묻어주오."라고 마지막으로 부르짖은 저 인디언 수우족 추장인 '붉은 구름'이 인류의 어버이처럼 눈앞에 어른거리고 있기 때문이다.

1890년 12월, 지상의 슬픔인 인디언의 마지막 전투가 있었던 '운디드니'의 전쟁터가 떠오르고 있는 것 같았다.

그때 큰 발이라는 인디언 추장과 그의 부족이 백인들에게 '무장 해제'와 '집단적 학살'을 당했지 않았던가.

최후에 '운디드니'로 모인 인디언들은, 그 당시에 그들 사이에서 널리 퍼졌던 '망령의 춤'으로 불리는 믿음에 가득 차 있었다.

'망령의 춤'이란 즉, 다음해에 새싹이 돋아나면 백인은 멸망하고, 인디언들이 돌아온다는 꿈이다.

그런 '망령의 춤'은 슬프게도 그들 앞에 돌아오지 않았다.

風多의 사랑에 흔들리는 능수매화

인디언 수우족 추장인 '붉은 구름'과 그 부족들은, "운디드니에 희망은 없었다. 하느님은 우리를 잊은 듯이 보였다"고 처절하게 절망을 했었다.

다음해에 새싹은 어김없이 파릇파릇 돋아났지만, 고대하던 '망령의 춤'은 돌아오지 않았다는 사실이다.

이 어찌 단장의 슬픔이 아니겠는가.

요즈음 텔레비전이나 신문 지상에서 마치 '운디드니'의 마지막 전투 같은 악몽이 자꾸만 되살아날 때마다 손에 땀을 쥐게 하는 것은, 우리를 매우 두렵게 하고 있을 뿐이다.

그것은 부시 미국 대통령이 '악의 축'에 대한 사상이다. 그때마다 새삼 느껴지는 것은, 지구상에 요순 세계가 있었으면 하는 생각이 머릿속을 스치고 지나가는 때가 한두 번이 아니다.

요순 세계는 인간의 힘으로 반드시 실천 가능한 것이다. 그런데도 인간이 이를 실행하지 않을 뿐이다. '악의 축'과 '망령의 춤'의 유전자가, 마치 실험관 속에서 뒤범벅이 되는 듯한 불확실한 혼돈의 이미지가 떠오르는 것은 또 어쩐 일일까.

'악의 축'은 이란, 이라크, 북한으로 알려졌다.

왜 이런 독버섯 같은 불행한 정치적인 발언이 나오게 되는지 현대인의 고민거리가 아닐 수 없다.

문득 지난 달 2월 26일자 동아일보에 소개된 미국 뉴욕타임즈 보도가 생각났다.

'미국은 악의 축 흑백 논리론 테러전 실패, 이성적 자제 촉구'를 부르짖고 있다. 이러한 여론을 모른 척하는 미국의 정책이 밉기만 하다.

미국은 청교도적 사고와 스스로를 자유 세계의 수호자로 여기는 사상에서, 미국의 적은 '악'이라고 보게 되는 것인지도 모른다. 이같은 사상을 자유 우방국에서는 모두가 반감을 갖게 된다는 사실도 알아야 한다.

그러기 때문에 '악이 축'으로 몰린 당사자들 앞에는 감상적인 현대판 '망령의 춤'이 되살아남직한 일이기도 하다.

風多의 사랑에 흔들리는 능수매화

‘악의 축’ 으로 지칭받는 편에서는 설마하는 생각에서, ‘운디드 니’ 와 같은 ‘망령의 춤’ 이 심리적으로 되살아날 수도 있는 것으로 여겨진다.

좋든 싫든, 자의든 타의든 ‘망령의 춤’ 은 인간들의 설마라는 약한 틈바구니를 파고드는 것인지도 모른다.

내 마음 속에서 열린 무대 위에서는 ‘이라크 북한전 동시 수행 능력 있다’ 는 미국의 선전 구호 간판이라도 지나가고 있는 듯싶었다. 이와 동시에 ‘한반도 미군 증강 때는 선제 공격할 수도 있다’ 는 북한의 선전 구호 간판도 동시에 함께 지나가고 있는 듯싶었다.

‘대량 살상 무기’ 대 ‘선재 핵사용’ 도 배제할 수 없다는 주장들이 스스럼없이 나오고 있는 실정이다.

나는 일촉 즉발의 전운이 감도는 무대가 싫었다.

한반도에서 또 다시 6.25와 같은 불행한 전쟁이 일어나선 안 된다.

앞으로 꿈에 그리던 진달래꽃이 흐드러질 금강산 육로 관광의 길이 열린다. 황해의 파도치는 전경을 바라보는 경의선과, 동해의 푸른 물빛을 내려다보는 경원선의 개통을 눈앞에 두고 있다. 그런데 우리 한국은 왜 이렇게 좋은 환경 속에서 스스로 행복하게 살기가 어렵단 말인가.

동북아 물류 중심 국가로 열리는 날이 코앞에 다가왔는데 무슨 전쟁이란 말인가. 누구를 위한 전쟁인가.

동방에 등불이 밝혀진 조용한 아침의 나라, 이 땅에까지 '망령의 춤'이 되살아나서는 안 된다.

한반도는 그 슬픈 제2의 '운디드니'가 되어서는 안 될 것이다.

'망령의 춤' 앞에 자막처럼 떠오르는 것이 있다. 그것은 미국 해군대학원 국가 안보 및 아시아 담당 '올슨' 교수의 말⋯⋯.

'남북 분단 장기화에 미국도 책임 있다. 이제는 통일 자주 국가 수립을 도와야 한다. 미국은 사실상 한반도 분단 유지 정책을 펴 왔다. 현재 이뤄지고 있는 남북 관계 진전을 인정해야 한다'는 말

風多의 사랑에 흔들리는 능수매화

이 자꾸만 가슴에 밀물처럼 다가오고 있다.

북미 대화는 꼭 이러한 이론만이 아니더라도, 최소한도 끝까지 평화적 대화로 해결하기를 마음 속에 기대해 보는 하루이기도 하다.

우주의 나이 1백 37억 년 동안에 되풀이되어 온 슬픈 인류의 역사, "나를 '운디드니'에 묻어다오"라는 유언을 남기고 사라진 인디언 수우족 추장 '붉은 구름'의 슬픈 가슴 속에 묻혀 나는 오늘도 울고만 싶어지는 심정이다.

계미년의 우울한 봄이 찾아오는 우리 금수강산의 품속에, '망령의 춤'이 돌아오지 않는 인류 역사가 마냥 슬프기만 하다.

앙드레 모루아의 눈물

월드컵 때마다 으레 우승컵도 있는데 4강이란 승리만으로 신의 예술이 탄생했다는 말은 아닐 것이다. 그는 질서정연한 '붉은 악마'의 함성이 한국의 하늘을 불태웠기 때문일 것이다. 지금도 귓가에 쟁쟁한 "대~ 한민국, 짝짝! 짝짝! 짝! ", "오~ 필승 코리아"의 힘찬 메아리가 울리고 있지 않는가. 세계 언론들은 '한국 IT · BT원더풀' '오노! 스케이트 세리머니' '레드 이코노미' '반미 시위도 끝난 붉은 악마, 응원 원더풀.' 연일 대서특필로 온누리를 감동시킨 기억이 생생하다.

앙드레 모루아의 눈물

2002년 FIFA한일월드컵에서 한국을 4강으로 쏘아올린 기적의 공, 그것은 450그램 '피버노바' 였다. 작은 공 하나가 전세계인의 시선을 한 곳으로 집중시켜 신들리게 한 감동적 드라마는 이 우주에서 처음으로 이룩한 신의 예술이 아니던가.

그동안 여러 차례의 월드컵에서 신의 예술이 탄생한 역사가 한 번이라도 있었던가.

'묵묵부답' 일 것이다.

월드컵 때마다 으레 우승컵도 있는데 4강이란 승리만으로 신의 예술이 탄생했다는 말은 아닐 것이다. 그는 질서정연한 '붉은 악마' 의 함성이 한국의 하늘을 불태웠기 때문일 것이다.

지금도 귓가에 쟁쟁한 "대~ 한민국, 짝짝! 짝짝! 짝! ", "오~ 필승 코리아"의 힘찬 메아리가 울리고 있지 않는가.

세계 언론들은 '한국 IT · BT원더풀' '오노! 스케이트 세리머니' '레드 이코노미' '반미 시위도 끝난 붉은 악마, 응원 원더풀.' 연일 대서특필로 온누리를 감동시킨 기억이 생생하다.

6월 22일, 태극전사들이 스페인을 꺾고 4강 진출이 확정된 순간이 지금도 눈앞에 삼삼하다. 광화문 30만명 '붉은 악마' 들의 함성! 장대비 속에서 얼싸안은 연인들의 흥분, 열광, 감격 속 즉석 프러포즈, 뜨겁게 포옹하는 우정의 모습들!

이렇듯 대한민국 방방곡곡에서 4,700만 명의 함성이 한국의 하늘을 울려놓지 않았던가. 이제 우리는 흥분을 가라앉히고 생각에 잠길 때가 왔다.

여·야, 노·사, 구분 없이 '붉은 악마' 하나로 뭉쳐 버린 그 저력은 무엇이었던가. 생각하면 눈물만 흐를 뿐이다.

그동안 억눌렸던 분노가 폭발했는지도 모른다. 외침外侵의 분노, 동학혁명의 분노, 일제침략의 분노, 4·19의 분노 등등, 이러한 잠재된 울분이 폭발하여 일어난 함성일 것이다.

"분노는 때에 따라 도덕이며 용기", "거룩한 분노는 종교보다 깊다" 등의 명언·명구가 월드컵 때 미학으로 승화된 것이 아닐는지……. 너무 기뻐도 눈물이 난다는 말이 실감났다.

風多의 사랑에 흔들리는 능수매화

이렇게 기쁠 때 문득 생각나는 것이 북한의 우리 형제들이다.

월드컵 때 이룩한 '붉은 악마' 들이 국가브랜드라면 남북통일은 그 얼마나 쉬운 일인가. 그러나 아직도 슬픈 38선이 걸려 있는 한국의 하늘, 그 하늘을 바라보는 프랑스 작가 '앙드레 모루아' 가 살아 있었다면 얼마나 많은 눈물을 흘렸을까.

'프랑스 패망기' 에서 절규한 그 뼈아픈 교훈이 생각난다.

"우리가 안으로 말싸움만 벌이는 가운데 나치스의 군화에 짓밟히고 말았다"는 절규!

당시 프랑스 지식인들은 입이 아니라 행동으로 반나치 저항운동에 삶을 불살라 자유 프랑스의 영광을 되찾는 데 앞장서지 않았던가.

이제 우리도 '붉은 악마' 정신을 국가브랜드로 승화시켜 선진국 진입은 물론 남북통일의 기초 작업을 이룩해야 한다.

이제는 한국의 하늘을 바라보며 "안전 없이 자유 없고, 단결 없이 안전 없다"던 앙드레 모루아의 눈물을 생각할 때라고 본다.

바람 부는 날이면

'사람은 한 뼘 얼굴로 산다'는 옛말이 중요한 이슈로 떠오르기도 한다. 마음이 짐승인데 얼굴만 미인이면, 이는 얼굴이 아니겠지. 얼굴이 좀 눈에 띄지 않아도 마음이 선비라면 훌륭한 얼굴인 것이리라. 얼굴은 인간도, 짐승도, 자연도 있다. 인간과 짐승은 앞에서 실낱만큼 비쳤으니 자연의 얼굴도 말하고 싶다. 좌청룡 우백호 후현무 전주작, 그리고 남향을 바라보고 있는 얼굴을 명당이라고 한다. 이런 얼굴을 가진 자연환경에서 자란 가문은 선비나 부호가 나온다는 말을 믿고 싶다.

바람 부는 날이면

아아 남자들은 모르리
벌판을 뒤흔드는
저 바람 속에 뛰어들면
가슴 위까지 치솟아 오르네
스커트 자락의 상쾌!

황인숙 시인의 시 〈바람 부는 날이면〉의 얼굴이 보고 싶다. 아니, 이 시적 상상의 얼굴이 보고 싶다.

어쩌면 성적 눈을 뜨게 한 세기의 마릴린몬로 같은 얼굴?, 아무튼 신세대 진보주의자들이 몰려가고 있는 얼굴이 분명하다. 반대로 보수주의자들이 좋아하는 얼굴도 있을 것이 아닌가? 신사임당의 얼굴을 떠올릴 수밖에 없다.

얼굴과 마음의 상관관계를 생각지 않을 수 없다. 인면수심이 생각난다.

아무리 잘 생긴 미남일지라도 '막가파' 같은 얼굴은 꿈에서도

볼까 두렵다. 얼굴은 주관과 객관을 무시할 수 없는 논리로 전개
될 수 있다.

'사람은 한 뼘 얼굴로 산다'는 옛말이 중요한 이슈로 떠오르기
도 한다.

마음이 짐승인데 얼굴만 미인이면, 이는 얼굴이 아니겠지. 얼굴
이 좀 눈에 띄지 않아도 마음이 선비라면 훌륭한 얼굴인 것이리
라.

얼굴은 인간도, 짐승도, 자연도 있다.

인간과 짐승은 앞에서 실낱만큼 비쳤으니 자연의 얼굴도 말하
고 싶다.

좌청룡 우백호 후현무 전주작, 그리고 남향을 바라보고 있는 얼
굴을 명당이라고 한다. 이런 얼굴을 가진 자연환경에서 자란 가문
은 선비나 부호가 나온다는 말을 믿고 싶다.

이는 환경유전학적 이론일 수 있다.

얼굴은 반드시 인품이 곁들인 결과라야만 한다는 내 소신이다.

그래서 난자와 정자를 팔고 사는 돈으로 해결되는 얼굴은 위험할 수 있다.

가문과 문벌과 혈통을 중요시 하는 선택적 유전자로 탄생되는 얼굴이라야 세상이 좋은 세상으로 진화 발전할 것으로 믿으며, 이러한 얼굴을 얼굴이라고 정의를 내리고 싶다.

그러나, 〈바람 부는 날이면〉 시 속에 떠오르는 얼굴을 미래의 얼굴로 보고 싶다.

호박잎 두들기던 빗소리

가을비가 한 번 지나가면, 온 산이 불붙어 타오르고, 그 비가 서리
로 바뀔 때는 단풍 빛이 북상하는 아름다움이야말로 어찌 말로 형
용할 수 있겠는가.
내가 이처럼 비에 대한 향수를 느끼게 된 것은, 어릴 때 외갓집 호
박밭에서 호박잎을 두들기던 빗소리가 아직 가슴 속에 남아서 자라
고 있기 때문인지도 모른다.

風多의 사랑에 흔들리는 능수매화

호박잎 두들기던 빗소리

비가 내린다. 비가 내리면 우리 외갓집 뒷산자락 밭둑에 외할머니가 심은 호박꽃이 생각난다. 호박꽃 속에서 호박벌이 꿀을 사냥할 때, 나는 살금살금 호박꽃봉오리를 주름잡아 벌을 가두어 놓고 호박벌의 울음소리를 귀에 대고 한참 즐거워했다.

어느날, 느닷없이 하늘이 캄캄해지고 먼 산봉우리에서 구름 떼가 몰려오고, 갑자기 소나기가 호박잎을 두들기고 달려들었을 때, 나는 호박꽃을 집어던지고 집으로 도망쳤다. 어린 마음으로 벌의 생명을 빼앗으면 하나님이 벌을 내리는 줄로 알았다.

소낙비는 나를 쫓아오면서 내 옷을 함초롬히 적시어 놓았다.

나는 외갓집 마루에 앉아 숨을 헐떡거렸다.

소낙비는 멎지 않고, 왕대밭 댓잎을 두들기기 시작했다.

댓잎을 두들기는 빗소리는 귀신소리로 들려왔다.

부슬부슬 바스락바스락, 귀신소리가 영락없었다.

나는 두 손으로 귀를 막았다.

어느새 소낙비는 마당가 파초 잎을 두들기기 시작했다.

파초 잎 위에서는 은빛 구슬이 뒹굴었다.

나는 빗줄기를 보면서, 지금 생각해 보면 우죽雨竹, 파초우芭蕉雨 같은 그림을 생각해냈고, 음악을 떠올리기도 하는 마음으로 변질해 가는 동안 꿀벌에 대한 두려운 마음이 지워져가고 있었다. 그 후부터, 나는 비 오는 날을 좋아하게 되었다.

‘7년 대한’ 의 단비라는 역사적 상황을 연상하기도 하고, 봄에 내리는 꽃비, 여름 가뭄에 내리는 단비 같은 생각을 갖게 되었다.

온갖 초목의 생명을 소생시키고, 그 생명 위에 무지개로 찬란한 부활을 연상케 하는 관념적 비의 위력을 느끼게 하는 때가 많았다.

가을비가 한 번 지나가면, 온 산이 불붙어 타오르고, 그 비가 서리로 바뀔 때는 단풍 빛이 북상하는 아름다움이야말로 어찌 말로 형용할 수 있겠는가.

내가 이처럼 비에 대한 향수를 느끼게 된 것은, 어릴 때 외갓집 호박밭에서 호박잎을 두들기던 빗소리가 아직 가슴 속에 남아서 자라고 있기 때문인지도 모른다.

비는 기쁠 때는 기쁨을 주고, 슬플 때는 슬픔을 주는 아름다움으로 나를 지배하고 있다.

비는 내 어릴 때 추억을 되살리는 정서이기도 하다. 나는 이러한 정서의 순환에서 비를 사랑하고 있는지도 모른다.

비는 나의 문학적 정서를 키운 어머니다.

그건 기적이었어

오늘의 청계천 복원復元공사는 '그건 기적이었어.'
지금 전 세계에서 청계천 복원復元공사를 연구하러 오는 사례가 비일비재하다는 신문보도가 나오고 있는 실정이다.
서울은 지금 청계천 복원공사로 명실상부 명당明堂으로 복원復元된 것이다.
좌청룡(종묘), 우백호(사직), 전주작(남산), 후현무(북악산), 그리고 서출동류西出東流(청계천)로 완벽하게 갖추어져서 '그건 기적이었어'가 아닌가.
사람이 생각을 바꾸면 '그건 기적이 나오게 되는 것'이 아닌가 한 번 생각해볼 필요가 있지 않은가.

그건 기적이었어

　서울의 청계천 복개覆蓋공사와 복원復元공사는 한국의 이대二大 기적이었다.

　옛날 청계천은 맑은 물이 흐르고, 물고기가 살아 숨쉬고, 온갖 철새들도 날아들었다.

　여름에는 시원한 물바람이 불고, 근처에 사는 여인들의 빨래터로도 유명하던 곳. 청계천변에 대한 문학文學도 많이 나온 곳이다.

　그때만 해도 서울시내의 온난화를 청계천이 풀어주었고, 다이옥신도 막아냈던 아름다운 자연의 극치였다.

　그러나, 서울시내는 인구가 불어나고, 그에 따른 교통의 대량 폭주로 인한 피해에서 생각을 바꾼 것이 서울의 청계천 복개공사였다. 그 결과 서울의 땅이 넓어졌고, 복잡한 교통난이 해소되어 '그건 기적이었어' 라고 높이 평가를 받았던 기억이 생생하다.

　그러나, 그 기적은 오래가지 못하고, 시대의 변화의 요청에 따라 생각을 바꾸게 된 것이 오늘의 청계천 복원復元공사였다.

　청계천 복원復元공사는 '그건 기적이었어.'

청계천은 그동안에 지하에서 날마다 물이 썩어 갔고, 온갖 오물이 흐르고 있었다. 지금은 청계천이 다시 살아나서 맑은 물이 흐르고, 물고기가 모여들고 맑은 물바람이 불고 있다.

그렇게 걱정하던 교통난도 아무 이상이 없다. 유명한 관광명소로 탈바꿈 되어 국내는 물론 세계 여러 나라에서까지 관광객이 모여들고 있지 않은가.

오늘의 청계천 복원復元공사는 '그건 기적이었어.'

지금 전 세계에서 청계천 복원復元공사를 연구하러 오는 사례가 비일비재하다는 신문보도가 나오고 있는 실정이다.

서울은 지금 청계천 복원공사로 명실상부 명당明堂으로 복원復元된 것이다. 좌청룡(종묘), 우백호(사직), 전주작(남산), 후현무(북악산), 그리고 서출동류西出東流(청계천)로 완벽하게 갖추어져서 '그건 기적이었어'가 아닌가.

사람이 생각을 바꾸면 '그건 기적이 나오게 되는 것'이 아닌가 한 번 생각해볼 필요가 있지 않은가.

그러나, 여기에서 지적할 점은 기적도 시대에 따라서 가치 변화가 발생할 수 있다는 것을 생각해야 하리라.

‘그건 기적이었어’가 어찌 청계천뿐이겠는가.

모든 인류의 역사적 기적, 문명의 기적도 시대에 따라서 발생하며, 변화하여진다는 것을 깨닫게 되는 것이 아닌지?

“생각을 바꾸면, 기적이 발생한다”는 진리를 밝혀두고 싶다.

다만, 성공한 기적과 실패한 기적은 역사가 평가하리라.

여기에 복원공사 이후, 청계천변의 시詩 한 편을 여묵餘墨으로 남긴다.

가야금 퉁기는 청계천

진을주

청계천에 비가 내린다
무릎 위에 걸친 가야금

은줄 퉁기는 하얀 빗방울 손끝
중모리로 퉁기다가
휘모리로 퍼붓다가
천변 우산 잎 아래 입술꽃으로 피었다
나와 R시인은
가야금 선율에 온몸이 감겨
이윽고 'JS텍사스바' 창가에 앉은
그녀의 숨결은
가야금 水深 위험 수위로 출렁거리고 있었다

風多의 사랑에 흔들리는 능수매화

人間性의 거울, 正義의 저울

— 金始原 제3 隨筆集《風多의 사랑에 흔들리는 능수매화》

新毫 **신규호**
문학평론가

人間性의 거울, 正義의 저울

— 金始原 제3 隨筆集 《風多의 사랑에 흔들리는 능수매화》

신규호

문학평론가

들어가며

김시원金始原(본명 正熙) 작가가, 《갈대밭 산조散調》 이후 5년 만에, 제3 수필집 《풍다風多의 사랑에 흔들리는 능수매화》를 상재上梓하게 되었다. 1960년 「평화신문」에 수필을 발표한 이래 장장 47년이 된 원로 수필가의 역작이라, 단순한 해설 아닌 평설을 시도하며 원고를 정독한 보람이, 대서와 중복 무더위를 물리쳐 주었다.

이 수필집은 부部마다 4 ~ 6편씩, 총 5부 27편의 작품으로 구성되어 있다. 낱낱의 수필에 대해 작품세계와 창작기법의 특색을 메모해 보니, 그 자료가 능히 한 권의 소책자가 됨 직하였으나, 지면과 시간 사정으로 이번에 그 모든 것을 다룰 수가 없어, 부득이 그 일부만에 국한되었다.

체제는 본문을 저서처럼 5부로 나누어, 부마다 전제적인 내용을 개관한 뒤 한두 편의 작품을 분석하여 특색을 요약하는 방식을 취

하되, 서술의 차례는 제2부부터 시작하고 제1부를 마지막으로 돌리니, 이는 표제작이 들어 있어 비교적 자세히 논하고 싶기 때문이다. 본문이 끝나면 '나오며'에서 전체적으로 뭉뚱그린 다음, 당부의 말을 덧붙이기로 한다.

1. 天國과 地獄 사이에서 — 記事에 꽃을 피운 想像과 實感 (제2부)

제2부에 실린 작품들의 개요를 적으면, 우선 〈꼭 한 번 가 보고 싶은 타이티섬〉은 신문기사를 보고 실지의 광경을 그려 본 상상력 풍부한 수필이며, 둘째 번 작품 〈청정 중국中國 해남의 추억〉은 휴가를 해외에서 보내는 여행의 기쁨과 오붓한 삶의 보람을 만끽하는 내용이며, 이어진 〈밤기러기 울음소리〉는 '노근리 학살사건' 기사를 보고 느낀 동족상잔의 상흔을 떠올린 내용이고, 끝 작품 〈쌀과 소쩍새〉는 한미 자유무역협정에서의 '쌀'의 중요성을 강조한 내용이다.

이와 같이 이들 네 편의 작품들은 〈청정 중국 해남의 추억〉을 빼면, 나머지 세 편이 모두 신문 기사와 인연을 맺고 있다. 이는 작가가 평소 현실에 얼마나 깊은 관심을 기울이고 있는지를 극명하게 말해 준다. 왜냐하면 신문은 바로 '사회의 거울'이기 때문이다.

그런데, 앞쪽에 들어 있는 〈꼭 한 번 가고 싶은 타이티섬〉과 〈청정 중국 해남의 추억〉 두 편이 마치 천국을 연상시키는 행복한 경지인 데 반하여, 뒤쪽에 실린 〈밤기러기 울음소리〉와 〈쌀과 소쩍새〉는 마치 지옥의 문턱을 헤매는 듯한 불행한 경지를 다룬 것이어서 이른바 '극단의 병렬에 의한 아이러니'에 해당된다. 그 중에서도 6·25 사변으로 북군의 동맹군이던 중국 영토에 전쟁이 끝나 여행을 가 휴가를 즐기는 〈청정 중국 해남의 추억〉과, 휴가는 커녕 오가지도 못한 채 아직도 휴전선에서 대치하며 분단에 시달리는 〈밤기러기 울음소리〉는 무척 대조적이자 역설적이다.

분석의 대상으로 대조적인 한 쌍을 고르는 게 좋겠지만, 이 자리에서는 더 절실한 과제를 안고 있는 〈밤기러기 울음소리〉와 〈쌀과 소쩍새〉를 택하기로 한다.

전자에는 우선 '1950년 충북 영동군 황간면 노근리'의 희생자들이 나오는데, 비전투원 양민들이 적이 아닌 동맹국 군인들에 의해 학살당했으니 얼마나 역설적인가 하는 문제가 제기된다.

지금도 노근리의 하늘에는, 6·25 때, 억울하게 죽은 원혼冤魂들의 비통한 울음소리가 떠돌고 있는 것 같은 느낌이 가슴 속에 남아 있다.

밤기러기의 슬픈 사연이 담긴 상징성으로만 들리기엔 너무나 뼈아픈 추억의 밤이다.

작가는 이미 5년 전, 제2 수필집 《갈대밭 산조散調》의 '서序'에서 공자의 애타정신愛他精神을 들어 "자기 자신을 존중함과 같이 남을 존중하며, 남이 자기 자신에게 해 주기를 원하는 바, 그것을 남에게 해 줄 수 있다면, 그 사람은 사랑을 받고 있다고 할 수 있다."고

적었거니와, 생판 남도 아닌 동맹국 군인에 의해 지옥으로 내몰린 것은 이만저만 원통한 일이 아니다. 작전상이었다는 이유를 내세운다 하더라도 문제는 또 남게 된다. 마땅히 사실을 진작 알려 원혼이라도 달랬어야 했기 때문이다. 이는 "소수를 영원히 속이고 대중을 일시적으로 속일 순 있지만, 대중을 영원히 속일 수는 없다" 한 링컨 대통령의 말에 비추어 보더라도 자명한 일이 아닌가.

반 세기가 훨씬 지나 신문에 보도되자 마지못해 입을 여는 이 부도덕의 표본에 대해, 남성들도 침묵하는 이가 많은 상황에서, 연약한 여성 작가로서 이런 글을 쓴 것은 김 작가야말로 용기 있는 양심의 소유자임을 여실히 보여 준다.

이 작품은 신문기사를 소재로 활용하였음에도, 제목 붙이기에 있어 분위기를 잘 살리는 문예적인 솜씨를 보여 주고 있다.

다음에 병렬형 제목을 붙인 후자 〈쌀과 소쩍새〉도 신문기사에서 취재하여 '쌀'의 중요성을 다룬 작품인데, 식물과 동물이 어떤 특징에 의해 이어졌는지 독자를 궁금하게 해 주니, 일종의 수수께끼를 푸는 구성의 유형에 든다.

우선 한미 자유무역협상(FTA)에서 '쌀'이 제외된 것에 안도의 숨을 내쉬는 데서 작가가 친농 문인임을 시사되거니와, 이어서 인용되는 쌀 관련 시 〈성주신〉에 의해 작가의 부군夫君 진을주陳乙洲 시인 또한 친농 문인임을 아울러 드러냄으로써, 두 손뼉이 마주쳐 소리가 나듯 부창부수夫唱婦隨하는 한 쌍의 친농 문인의 전형임을 깨우쳐 준다. 그 시에 의하면 쌀은 본디 엽전과 함께 집을 지키는 수호신이니, 목숨을 이어갈 신앙의 대상이 된다는 것이다.

작품은 이어서, ‘쌀을 보살(←보슬)이라’ 한 중국 송나라 손목孫穆의 글을 소개하는 바, 《계림유사鷄林類事》에 적힌 ‘白米曰 漢菩薩’은, 본디 ‘한(→흰)’을 ‘白’으로 적은 것처럼, ‘米’의 고려 때 말이 한자말 ‘菩薩’의 소리와 같다는 것으로만 새겨져 왔는데, 이를 의미론의 영역까지 확대한 데서 친농적인 의의가 크다고 본다. 왜냐하면 같은 ‘보살’ 음이라도 그를 표기할 한자가 여럿이 있었음에도 모두 버렸기 때문이다.

이런 과정을 거쳐 마침내 ‘쌀’과 ‘소쩍새‘의 관련을 알리기 위해, 조선조의 시인 장유張維의 시가 인용된다.

소쩍새야 소쩍새야/ 솥이 작아 밥을 많이 지을 수 없다지만/ 올해엔 쌀이 귀해 끼니 걱정 괴로우니/ 솥 작은 건 걱정 없고 곡식 없어 근심일세.

중국에서는 소쩍새를 죽어서 슬피 우는 촉蜀나라 망제望帝의 변신으로 이해되고 있는데, 인용시에서는 ‘새의 울음소리’를 밥짓는 ‘솥의 적음(←작음)과 결부시킨 독창성이 엿보이거니와, 그런 솜씨의 밑바탕에는 우리 농민들의 삶의 고초를 헤아리는 시인의 애틋한 마음이 숨쉬고 있는 것이다.

김 작가는 바로 이런 선인의 마음을 이어받아 오늘의 난국에 대처해 나갈 근거로 제시한 것이니, 외국 경제의 드높은 파고로 피해 속출이 예상되는 오늘날 그 의의가 자못 크다고 아니 할 수 없다.

제2부의 작품들로 보아, 김 작가의 수필문학은 신문기사와 같은 뿌리에서 움텄지만, 자유로운 상상과 문학적인 장치를 통해, 단조로운 잎새와는 전혀 다른 아름다운 꽃을 피운 값진 글쓰기의 표본이라 할 것이다. 한 가지 보기를 더 들면, 광범위한 자료 수집의 토대 위에 그들을 이어나간 솜씨가 극히 자연스러워서 흡사 천의무봉天衣無縫을 방불케 하는 점이니, 이런 구성법이야말로 수필의 두드러진 특색의 하나가 아니겠는가.

2. 人間性 探究와 調和의 成就 – 哲人의 思索, 藝人의 彫琢(제3부)

제3부에 수록된 다섯 편은 작가의 인간성 탐구 정신과 예인으로서의 조화 성취 탁마琢磨가 돋보여 현대적 수필의 특성과 잘 어울린다.

첫 작품 〈다이아몬드의 천적天敵〉은 사람의 내부에 도사린 욕심의 깊이와 그로 인해 빚어지는 부정적인 사회현상을 바로잡으려는 노력이 엿보이며, 이어지는 〈백자철화죽문항아리〉는 선인이 남긴 자기를 통해 예술적 조화의 오묘함을 다룬 것이고, 그 다음의 〈백제 금동관〉은 가장 최근에 발굴된, 가장 오래된 우리의 금동관을 통해 민족적 긍지와 예술혼을 확인한 작품이다.

한편 〈때로는 개도 사람보다 낫다〉는 인간성으로 눈을 돌려, 개만도 못한 사람들이 날뛰는 현실을 직시, 인간성의 회복과 사회 정화를 갈구한 작품이며, 끝에 실린 〈화합의 종소리〉는 시선을 국제적으로 확대시켜 이웃나라 '일본'에서 벌어지고 있는 최근 동향에 대한 의구심을 다룬 작품이다.

대일 관련 작품이 나온 김에, 역사를 왜곡하고 독도 영유권을 다시 강변하며, 심지어는 전쟁 위안부의 강제성까지 부정하는 일련의 사태야말로, 일찍이 그들의 선배 시인 기타가와 후유히코北川冬彦의 "군항軍港을 내장內藏하고 있다" 한 1행시의 경고를 무시한 역사적 전철前轍일 성싶다는 평설자의 견해를 덧붙여 둔다.

다섯 편 중에서 분석 대상으로 앞쪽에 실린 〈다이아몬드의 천적〉과 〈백자철화죽문항아리〉를 택한다. 전자는 우선 "다이아몬드는 좋은 것인가"라는 의문을 던져, 몇몇 저명 인사들의 일화를 소개하여 희소가치를 소유하려는 '비교적 우월감'이 그릇된 것임을 통찰함으로써, 사회적 병폐현상을 척결할 대항마를 물색한다.

이어 개인적·심리적인 영역에서 국제적·경제적인 영역으로 고찰을 확대시켜 전쟁으로 인한 3억 명의 어린이들이 '빈곤과 착취에 시달리고 있는' 참담한 현실을 고발한다.

설악산 상상봉 바람받이에 강풍을 맞은 고사목枯死木 같은 인간상人間像을, 태풍이 쓸고 간 폐허 같은 허상虛像을 느끼게 하는 순간순간이다.

지구상 도처에서 일어나고 있는 인류의 슬픈 비극과 참상들이 어찌 그들만의 비극이겠는가. 이처럼 처절한 슬픔 앞에 어찌 다이아몬드의 이야기를 꺼낼 수 있겠는가.

이는 곧 인간성의 상실은 더 이상 방치할 수 없다는 신념을 바탕

삼은 최소한의 기준, 곧 '중용사상'이 절실히 요청됨을 꿰뚫은 철인哲人의 사색이 아니겠는가. 이러한 사색은 곧 작가가 이번 수필집의 '서序'에서 "문학의 기능은 인간의 사상思想과 철학哲學을 바꿔 놓아야 한다."고 한 바를 성실히 실천한 좋은 본보기이다.

한편 〈백자철화죽문항아리〉는 '일민예술관'을 찾은 체험을 다룬 것으로, 일찍이 작가가 '사군자' 전에서 특선과 대상 수상을 거듭했고, 시서화전을 연 바 있는 예인의 숨결과 솜씨가 반영된 수필이다.

'학의 나랫짓 같은 여성적인 항아리에, 남성적 직선인 대나무의 그림'을 아우르는 '언밸런스'를 극복함을 깨닫는 경지가 그것이다.

완전 여성적인 정욕情慾 항아리에, 완전 여성적인 선율旋律이 얼마나 조화로운 미적美的 감각인가 하는 생각에 감탄 감탄을 거듭할 수밖에 없었다.

댓잎이 힘차게 뻗어 있는 점과, 넝쿨 같은 대나무 줄기의 곡선이 평범을 초월한 미적구성美的構成의 수준이며, 그 감각이 현대인들의 수준을 능가한 미학美學에 이르렀다.

조화를 이룩하는 이런 예인으로서의 참신한 견해는, 옛 것을 옛 것으로만 보는 낡은 눈을, 그 속에서 새 것을 찾는 것으로 돌린 데 현대적 의의가 있다고 보는 작가 자신의 예술관이 반영되었으니, 곧 '서'에 적힌 아래와 같은 진술이 이를 뒷받침해 준다.

문학적 표현은 아름다운 미학美學이다. 그러기 때문에 어제의 문학은 박물관博物館에 소장所藏되는 골동품骨董品이 되어진다는 속설이 되고, 새로운 창조創造가 오늘의 문학이라고 생각한다.

제3부를 요약하면, 철인의 머리와 예인의 솜씨에 의해 인간성을 회복하여 사회개혁에 힘쓰고 조화로운 새로운 예술 창작으로 민족적 긍지를 높여 가야 함을 설득력 있게 표현한 에세이들이다.

3. 改革의 過程인 妥協의 美學 – 小說에 가까운 隨筆(제4부)

제4부로 넘어오면, 일찍 사별한 조카딸에 관한 추억을 다룬 〈협궤열차가 달리던 동호해수욕장〉을 빼고는, 사회를 바로잡아 나가야 하는 개혁이나 지나친 것을 경계하는 타협과 관련된 작품들이다.

상흔을 딛고 새로운 삶의 터전을 이룩하려는 의욕이 넘치는 〈DMZ를 둥지삼아〉는 말할 것도 없고, 옛 일을 거울삼아 안보를 굳건히 할 필요성이 내포된 〈백제바람 부는 북한산성〉은 개혁 쪽이고, 모순어법 제목을 활용한 〈구속의 은혜〉는 타협의 전형이고, 옛날 백제군에 쫓긴 마한 임금의 마지막 피난처였던 전라도 남원의 '달궁계곡'의 '심원마을'을 다녀온 체험을 적은 〈하늘 아래 첫 동네〉도 이와 관련된 가닥이 엿보인다. 이런 점에서 분석 대상으로 〈DMZ를 둥지삼아〉와 〈구속의 은혜〉를 택한다.

전자부터 살펴보면, 여러 나라 젊은이들이 자유와 평등을 위해서 인류를 대신해 피를 흘린 비무장지대(경기도 김포시 소재 무인도)에다 희귀종 '저어새' 보호지대를 육성하여 세계 각국의 관광객을 유치하여 소득을 올리고, 정신적 위안도 얻으려는 착상을 작품화한 것이다.

이렇게 겉으로는 희귀종 조류의 보호 육성을 내걸었지만, '녹슬은 철조망을 손으로 만지며' 같은 데 유의하며 행간을 살피면, 비록 소리 높여 외치진 않았지만, 하루 속히 부자연한 장기 휴전상태를 청산하여 종전 선포에 의한 평화 구축이 요망된다는 작의作意를 읽을 수가 있다. 그 일이 성사되지 않는 한 언제 또 전화가 불붙을지 모르기 때문에, 희귀조 보호도 필경 헛된 구두선口頭禪이 되고 말 것이 뻔하기 때문이다.

한편 〈구속의 은혜〉의 작품세계는, 작가가 신문 스크랩에서 '바람의 구속 아래 수시로 변하고, 숨쉬고 있는 타협의 미학美學'인 아프리카 나미브 사막의 총천연색 모래바람 위에 우뚝 솟은 섬을 발견하자, 자신이 목격한 수삼년 전 일이 떠올라 집필한 것인데, 그 수법이 소설에서의 1인칭 관찰자 시점과 비슷한 데다가, 단편에서 흔히 선호되는 '과거회상 수법'을 연상시킨다.

이렇게 소설을 닮은 이 작품은, 에드거 앨런 포우가 말한 '가장 경제적인 문학수단인 단편' 중에서도 가장 긴축된 콩트葉篇와 무척 가깝다. 작품의 경개梗槪는 작가의 동창인 고교 교감의 하룻밤 사이의 삶의 편린을 보여 준 내용이다. 곧 작가가 시골에 간 김에 '정원이 참 좋은' 친구의 집에서 하룻밤을 지내는 동안에 친구에 대한 견해가 확 바뀌고 마는 것이다. 작가는 당초에 친구를 매우 부러워하지만, 이튿날 친구로부터 들은 사정은 너무도 뜻밖이었다.

"자네는 몰라, 우리 애들 아버지 얼마나 어려운지……."
"그래? 시집살이가 매웠겠네……."
"말도 마소, 징허네 징혜. 글쎄 내가 2년 전에 교장으로 승진할 기회가 있었는데, 교감 마누라는 데리고 살아도 교장 마누라는 노 땡큐래. 그러니 어쩌겠는가. 내가 눈물을 머금고 집에 들어앉아야지……."
나는 말을 잃었다.
"그러니, 내 속이 속이 아니제. 불덩어리가 끓네, 끓어……."

1인칭 화자는, 여주인공에게 '꼼짝달싹 못하게 덫을 생각해 낸 것'을 '오히려 고맙게 좋은 쪽으로 받아들이면 마음이 편하다'고 위로했고, 점심 때 돌아와 손수 요리하여 식사하는 친구 남편 모습을 보자 아래와 같은 심정에 사로잡힌다.

나는 그 모습을 보고 무던한 내 친구에게 뜨거운 박수를 보내고 싶었다. 친구 남편은 '아프리카 나미브 사막'에 부는 바람처럼 자유롭고 생각이 완고했고, 친구는 '아프리카 사막'의 모래알처럼 아름다웠다.

대화와 지문으로 이루어지는 서술 방식은 물론, 시점의 설정이나 결말의 급전 방식까지 소설과 유사하다.

이번에는 주제를 살펴보면, 개혁의 한 과정이나 방편으로서의 유보나, 또는 개혁 자체의 포기냐 하는 양론이 제기될 수 있으나, 이에는 서술자의 언행의 성질을 판단할 필요가 있다.

비웃는 어조가 아니고 진지하다. 이는 작가가 자주 역설하는 '중용'과 관련된 공정성을 전제로 한 타협인 것이다.

타협 관련 소설이 나온 계제에 잠깐, 연상되는 체호프의 단편 〈구즈베리〉에 언급해 둔다. 개혁을 꿈꾸었던 한 주인공이 어느 정도 신분상승을 이루자 심경이 바뀌어져, 과수를 심은 아름다운 정원이 딸린 호화 주택에서 소시민적 행복에 젖는 줄거리의 작품인데, 작가의 어조에 의해 개혁이 완전 포기된 주인공과 사회가 함께 조롱되는 내용이다.

이에 비하면 김 작가의 작품은 지나친 급진적 개혁을 삼가는, 다시 말하면 자신의 처지를 바로 아는 중용의 미덕이어서 사뭇 뉘앙스가 다르다. 〈구속의 은혜〉라는 역설적인 제목도 이와 관련된다. 왜냐하면 겉보기에는 진리가 아닌 것 같으면서도 실은 진리의 일면을 말해 주는 것이 역설이기 때문이다.

요컨대 김 작가의 작품은 논의의 여지는 있으나, 내용상으로는 유길준의 《서유견문록》에 나오는 '개화의 등급' 중, 일을 그르치기 쉬운 '개화의 병신'인 급진주의의 잘못을 되풀이해서는 안 된다는 중용과 관련되는 한편, 기법면에서는 일정한 시점 아래 대화와 지문으로 주인공의 행동(사건)을 서술하는 소설 양식에 매우 가깝다고 본다.

風多의 사랑에 흔들리는 능수매화

작가가 이런 소설에 가까운 수필을 쓰게 된 이유는, 그가 바로 소설가이기 때문이다. 그는 수필을 신문에 싣기 시작한 이듬해(1961년)에 소설가로도 등단하여, 콩트를 줄곧 즐겨 써 오고 있는 것이다.

그러나 이 〈구속의 은혜〉는 소설 아닌 수필인 것은 아래와 같은 이유에서이다. 허구를 통해 가상적인 세계를 일정한 틀로 형상화하는 인위성이 강한 양식이 아니라, 작가가 직접 보고 듣고 한 체험을 바탕으로, 인간의 내면에 자리잡고 있는 미묘한 인정의 기미와 복잡한 사회상을 직접적으로 드러내 보여 영혼을 일깨워 주는 자유로운 양식이기 때문이다.

그러기에 김 작가는 이 작품을 씀으로써, 소설에 가까운 또 하나의 수필 영역을 확대시켜 작품성에 다양성을 첨가한 것이다.

4. 地球村의 永遠한 存續 繁榮 希求 – 칼럼과 통하는 隨筆(제5부)

이 수필집의 마지막 부(제5부)에는 칼럼을 연상시키는 수필들이 주종을 이룬다. 여러 방면의 불길한 조짐에도 불구하고 지구의 파멸을 막아, 영원한 번영을 바라는 종교적인 인생관이 과학적 태도와 손을 잡아 작품을 창작함으로써, 문학이야말로 그 모든 것을 통괄하는 문학관이 시사된다.

〈지구의 종말은 없다〉와 〈고래 60마리의 떼죽음〉·〈행복 에너지〉·〈바람 부는 날이면〉·〈호박잎 두들기는 빗소리〉·〈그건 기적이었어〉 등은 그 직설적인 제목으로도 작의를 짐작할 수 있고,

〈'망령의 춤'은 돌아오지 않는다〉와 〈앙드레 모루아의 눈물〉은 특정한 역사적인 사건이나 인물에 대한 일화를 토대로 하여 지구촌의 평화와 번영을 염원한 내용이다. 마지막 두 작품은 각각 미국과 프랑스를 역사 지리적 배경으로 삼고 있다.

분석 대상으로 직설적인 제목으로 강렬한 의지를 드러내 보인 〈지구의 종말은 없다〉와, 미국의 백인과 인디언의 사이에 벌어진 역사적 사건을 통해 화해의 필요성을 거울삼은 〈'망령의 춤'은 돌아오지 않는다〉를 택한다.

전자는 남극의 빙산 붕괴, 아프리카의 호수 고갈, 남미의 밀림 벌목, 예상되는 우주 폭발 같은 문제의 심각성에도 불구하고, '아직은 증명할 수가 없음'을 들어, 미래에 대한 희망을 잃지 않는 문학 정신을 다지는 내용이다.

아무리 난제라 할지라도 문학文學은 문학정신에서 발생하는 미래의 예언豫言을 하고 싶은 나의 소신은 어쩌지 못하는 것이다.

나는 말하고 싶다.

충돌 이후에도, 거기에 '상응相應하는 존재存在'가 남을 것이며, 그 존재 상황에서 적용되는 생명체生命體가 발생할 것이라는, 태초太初의 신념을 예언하고 싶은 생각이 끊임없이 들었다.

그래서 나는 '지구의 종말은 없다'라고 예언을 하고 싶은 것이다.

지구를 사랑하여 마지 않는 이런 열정은, 누군가가 말한 "비록 내일 종말이 온다 해도 오늘 나는 나무를 심겠다"고 한 '사과' 대

風多의 사랑에 흔들리는 능수매화

신 '문학'을 심음으로써, 지구의 종말을 극복해 나가겠다는 강한 의지를 드러내고 있다. 이런 강한 의지가 바로 작가로 하여금 계간 『지구문학』을 발행, 인간성의 승리와 사회의 발전을 위해 실천하게 한 것이 아니겠는가. 저자가 이 수필집의 '서序'에 아래와 같이 적고 있는 것은 의미 심장하다.

> 문학은 인간의 영원한 삶의 둥지다.
> 문학은 인간의 삶의 역할을 담당해야 한다.
> 문학의 기능은 인간의 사상思想과 철학哲學을 바꿔 놓아야 한다.
> (…중략…)
> 문학의 내용은 인간사회의 개혁성改革性이 있어야 하고, 보다 새로운 꿈이 이뤄져야 한다.

이번에는 〈'망령의 춤'은 돌아오지 않는다〉로 넘어가자. 제목에 인용된 '망령의 춤'은 1890년 미국에서 백인들에게 무장 해제되어 집단 학살을 당하는 인디언들이, 죽기 직전에 '다음해에 새 싹이 돋아나면 백인은 멸망하고, 자신들이 돌아온다'는 꿈을 다짐한 역사적 사실을 말한다.

김 작가가 백인들의 처사가 옳지 않은데도, 그에 대한 인디언들의 보복 또한 옳지 않음을 강조한 이유는, 보복의 재생산이야말로 악순환으로 확대되어 인류의 생존을 위협하게 될지도 모를 비극을 극복하기 위해서이다.

그러기에 이 수필은 인디언들의 꿈이 끝내 이루어지지 못한 '단장'의 슬픔을 말하면서, 그런 악몽이 되살아날 징조가 보일 때마다 손에 땀을 쥐게 하는 자신의 심정을 고백하여, 부시 대통령의 이른바 '악의 축' 발언을 다룬다.

요순 세계는 인간의 힘으로 반드시 실천 가능한 것이다. 그런데도 인간이 이를 실행하지 않을 뿐이다. '악의 축'과 '망령의 춤'의 유전자가, 마치 실험관 속에서 뒤범벅이 되는 듯한 불확실한 혼돈의 이미지가 떠오르는 것은 또 어쩐 일일까.

우리나라의 운명과 직접 관련을 가진 '북한'이 포함된 예민한 사안에 대해 거리낌 없이 의견을 개진하는 이 여장부의 용기도 놀랍거니와, 끈질긴 대립상을 '유전자'를 빌려 표현한 솜씨는 또 얼마나 놀라운 솜씨인가. 인류의 미래를 지켜내야 한다는 유토피아 정신에 바탕을 두고, 스스로 실천하진 않고 방관한 채 남을 탓하는 속물근성을 풍자 비판하는 솜씨는. 이미 왕조 시대에 "사람이 제 아니 오르고 뫼만 높다 하더라"고 읊은 양사언의 모습을 떠올리게 한다.

이미 반 세기 전에 동족상잔의 비극을 치러, 그 상흔이 아직도 온전히 치유되지 않은 우리에겐 아프간이나 이라크 사태는 너무도 심각하다. 9·11 테러의 응징으로 치러진 아프간 전쟁이나 대량 살상 무기를 찾는 명분으로 시작된 이라크 전쟁은 엄청난 사상자를 냈음에도 끝날 기미가 보이지 않거니와, 최근에 우리의 젊은 봉사단원 23명이 납치당한 사건이 여실히 말해 주듯, 아직도 진행중인 실제상황인 것이다.

현재는 다행히 남북 문제가 숨가쁜 고비를 넘겨 해결국면으로 접어든 듯싶으나, 이 수필 발표 당시에는 얼음판을 걷듯 아슬아슬했던 것을 돌이켜 보면, 참으로 시의 적절하고 값진 작품임을 알게 된다. 작가의 이런 정신은 전 세계로 퍼져, 미국의 공화당 의원들 안에서도 철군안이 마련될 기미가 보인다는 외신 보도이니, 민심이 천심임을 남 먼저 알아차린 선견지명이라 할 만하다.

본장의 작품들은 칼럼을 닮은 가닥이 엿보인다. 고대의 로마 의회에서 가장 핵심이 되는 문제의 해법을 원주圓柱에다 써 붙인 것처럼, 시급한 문제를 다루었기 때문이다. 그러면서도 그의 수필들은 객관적인 이론의 나열이 아니라, 작가 자신의 목소리를 생생히 들려준 것이기에 훨씬 더 독자들의 심금을 울리는 것이며, 이런 의미에서 치열한 그의 문학 정신은 추앙을 받아 마땅하다.

5. 自然과 人情의 函數 – 詩情이 넘치는 隨筆(제1부)

이제 건너뛰었던 제1부로 되돌아오면, 다섯 편의 작품들이 기다리고 있다. 첫 작품 〈풍다風多의 사랑에 흔들리는 능수매화〉는 제주도의 한 관광명소를 찾아 마냥 흥취에 젖는 인정의 기미를 표현한 작품이고, 〈코스모스 4만평의 코러스〉는 이국적이 애수를 자아내는 청초한 코스모스가 만발한 경기도 구리시의 풍광을 다룬 작품이며, 〈그때 그 시절〉은 산벚꽃 피는 전북 전주 완산 칠봉에서의 젊은 날의 추억을 되새긴 내용이며, 〈라일락 향기 조명 속에서〉는 경기도 고양시 일산구 강선마을로 이사하여 얻은 자연미와 오붓한 행복을 표현한 수필이고, 끝 작품 〈천관산 억새꽃〉은 실패한 인생을 달래 주는 전남 장흥의 억새꽃을 다룬 수필이다.

이 작품들은 〈그때 그 시절〉 한 편을 제외하고는 제목에 '능수매화'·'코스모스'·'라일락'·'억새풀' 같은 '꽃'이 들어 있다 (〈그때 그 시절〉은 '산벗꽃'이 부제 속에 나온다).

꽃이 등장하는 만큼 자연은 아름다워 그 속에 동화하려는 인정人情을 들뜨게 한다. 그래서 제1부의 수필들은 자연과 인정의 함수를 드러낸다. 작품세계도 시적이다. 저서의 벽두를 장식한 표제작 〈풍다風多의 사랑에 흔들리는 능수매화〉는 그 전형적인 예이다. 그러므로 이 자리에서는 표제작 한 편만을 다루되, 비교적 세밀히 분석하기로 한다.

부군夫君과 함께 제주 '한림공원'을 찾는 이 작품에는 아래와 같은 대목들이 눈길을 끈다.

제주 햇살에 번득이는 능수매화의 율격律格은 한시漢詩의 명작이요, 바닷바람에 능청거림은 대자연의 세레나데였다.

사람의 마음을 순간적으로 파격시키는 솜씨 또한 능소능대能小能大로 실신失神거리게 하였다.

(…중략…)

능수매화를 뒤로 하고 떠나는 사람들에게 능놀다 가라는 듯 부드러운 손짓과 잔잔한 미소는 옛 품격 높은 기녀妓女들의 풍모였다.

(…중략…)

風多의 사랑에 흔들리는 능수매화

속삭이듯 귓전을 맴도는 소리에 뒤돌아보니, 아무도 없고, 한참 만에 눈에 띈 남편은 여인女人들의 곡선미曲線美에 시선이 가 있었다.

꽃이 핀 아름다운 자연과 인간의 사랑이 얼마나 잘 어울리고 있는가. 그러기에 이 수필은 아름다운 시정을 느끼게 한다. 그럴 수밖에 없는 것이 인용문에 보이는 '율격'·'한시'는 말할 것도 없고, 다른 대목에 들어 있는 '시상'·'시적'·'운율' 같은 시 관련 어휘들도 이를 감싸 준다. 어찌 그뿐인가. 작중에 이수익 시인의 〈옛집〉이 여섯 줄 인용되어 있는 것이다.

그러고 보니 작품의 첫머리 다섯 문장이 각기 한 줄씩 개행改行한 시행처럼 보이는 것도 간과할 수 없는 특징이다. 또한 작품의 길이가 비교적 짧고, 단락의 길이도 짧아 전체적으로 단락 수가 많아진 것도 시 형식과 유사한 작품세계 때문으로 여겨진다.

이런 점들이 한데 어울려 시적 분위기에 젖게 하거니와, 이는 시제詩題가 이미 시사해 준 결과이니, 왜냐하면 본문에 나와 있는 '삼다도三多島' 중에서 '여다女多'나 '석다石多'를 젖혀 놓고 굳이 '풍다風多'를 내세웠기 때문이다. 기압의 차이에서 빚어지는 '풍'(바람)은 뒤에 나오는 '풍선風船'과 뜻과 소리를 공유함으로써 유사성에서 필연성으로 나아가는 구름다리가 될 뿐만 아니라, '바람둥이'나 '바람이 부는 바람에…' 같은 애정의 탈선이나 인과의 선행요소가 되게 하여, 사람으로 하여금 평상적인 활동에 눌러 있지 못하게 만드는 것이다.

이렇듯 이 작품은 시제詩題 붙이기나 내용의 열거에 의한 구성의 실제에서 세심한 주의를 기울여 마냥 자연과의 어울림을 조성해 낸 솜씨가 탁월하다.

이렇게 작품성이 시와 가까워진 이유는, 아마도 김 작가가 평소에 시를 좋아하고 있는 데다가, 또 시인과 더불어 삶을 함께 하고 있는 데서 비롯된 것으로 헤아려지니, 작중에 나온 '남편'은 다름 아닌 그의 부군夫君 진을주陳乙洲 시인인 것이다.

이렇게 시와 가까우면서도, 이 작품이 필경 수필인 이유는 아래와 같은 점들 때문이다.

첫째, 서술의 고백적 솔직성이다. 직접적 고백인 이상 솔직할 수밖에 없다. 구체적인 예를 들면, 남편의 시선이 다른 여인들의 곡선미에 가 있는 것이 작가에게 바림직하진 않지만, 이를 숨기지 않고 솔직하게 털어놓는 행위이다.

둘째로, 마음가짐의 여유이다. 인용문에 나오는 '파격'처럼 완벽한 규제에서 벗어난 대단찮은 변화를 허용하는 아량 같은 것이 그것이다. 이런 아량은 수필을 중년 고비를 넘긴 원숙한 이의 글이라 보고, 그 성격을 "균형 속에 있는, 마음에 거슬리지 않는 파격破格"이라 본 피천득皮千得의 이론과도 통한다. 인생칠십 고래희를 지낸 연륜의 소유자인 작가가 "하기야 풍다風多, 여다女多, 석다石多, 삼다도三多道의 제주에 왔는데, 기왕 왔으니, 눈요기로나마 실컷 즐겨 보라지…" 하고 마음을 열어 주는 것이 지극히 자연스러워 이를 잘 일러 준다.

셋째는, 구성의 자유로움 속에 지켜진 통일이다. 언뜻 보매 산만할 것 같으면서도 그것이 극복되어, 사람은 자연의 아름다움에

風多의 사랑에 흔들리는 능수매화

젖어 더러 엉뚱해 보이는 흥취에 젖게 된다는 진실에다 초점이 맞추어진 이 작품은 청천聽川의 '무형식의 형식' 의 좋은 보기이다. 그러므로 '신비' 와 '화폭' 으로 기필하여 '환희' 를 거치되, 필경은 '풍다의 연정에 흔들리는 사랑법法' 익히기로 마무리한 것은, 분명 아무나 쉽사리 흉내낼 수 없는 뛰어난 솜씨이다.

나오며

　지금까지 분석 논의한 바와 같이, 시원 김정희 작가의 제3 수필집《풍다의 사랑에 흔들리는 능수매화》는, 예도禮道를 비롯한 직접체험과 신문기사 등 간접경험을 토대로 하여, 시·소설·신문기사·칼럼 등 다양한 양식과 인연을 맺으면서, 인간성 탐구와 사회정의 실현의 소망을, 소수 문장, 다수 단락인 짧은 지면으로 감동을 극대화시킨 뛰어난 수필집이다.

　이를 한 문장으로 간추리면, 다양한 형태를 갖춘, 인간성 탐구와 사회정의 실현에 이바지하는 값진 수필집이다. 그런데, 인간성 탐구에는 심리와 인정人情을 비춰낼 기구器具가 필요하고, 정의 실현을 위해서는 공정성을 측정할 계기計器가 필요한 바 김시원의 수필은 이런 일을 해낼 거울이자 저울이다. 이런 거울과 저울은 개인이 사욕에 치달을수록, 사회가 부정부패로 얼룩질수록, 더욱 절실히 요청되는 것이니, 바야흐로 민족의 화해를 이룩하여 새 역사를 창조할 우리로서는, 늘 이 수필집을 깊이 음미함으로써 내성과 발전의 기틀을 삼아야 할 것이다.

바라건대, 앞으로도 꾸준히 창작에 정진하여 세계문학으로 진입할 걸작을 발표하여 독자를 기쁘게 해 줌은 물론, 배달 겨레의 진면목을 만천하에 휘날리며, 아울러 나라와 겨레의 평화와 번영에 크게 기여함으로써, 부군夫君과 더불어 겨레의 스승이 되기를 간절히 바라 마지 않는다.

風多의 사랑에 흔들리는 능수매화

金始原 略歷

1934년 전북 남원 출생
1961년 원광대학교 국문과 졸업
1958년 「전북일보」 수필발표로 작품 활동
1960년 「평화신문」 수필발표로 작품 활동
1961년 「전북일보」 신춘문예 소설로 등단
1995년 『앞선문학』 主幹 (12월호 ~ 1996년 3월호)
1995년 한국신문학회 고문
1996년 『문학21』 主幹 (앞선문학을 4월호부터 문학21로 제호 바꿈)
1997년 『세기문학』 主幹 (창간호~겨울호)
1998년 『지구문학』 발행인 겸 主幹(창간호~현재)
1998년 한국민족문학회 자문위원
2001년~ 지구문학작가회의 자문위원
2001년~ 2003년 (사)한국문인협회 발간 『월간문학』 수필분과 편집위원
2004년 해양수산부 『등대』 100주년 기념 공모전 심사위원(수필)
2006년 국제문화협회 문학 · 예술상 심의위원
2007년 (사)한국문인협회 제24대 이사

저서
1987년 김동길외 63인의 《고독한 영혼과의 대화》 수필집 공저(창우사)
1987년 《사랑과 진실의 눈빛으로》 수필집 공저(교음사)
1987년 《진실이 머무는 창가에 서서》 수필집 공저(교음사)
1990년 《물빛 같은 그대 헤아리다가》 한국여류수필선집(3)(교음사)
1991년 테마 에세이 《외박》 공저
1993년 《대바람소리》 수상집(창우사)
1995년 《해를 보고 걷는 연인들》 선집(교음사)

2002년 《갈대밭 산조》 수필집(지구문학)
2007년 《風多의 사랑에 흔들리는 능수매화》 수필집(한누리미디어)
2007년 《달밤의 妖精》 콩트집(한누리미디어)

畫壇 약력
1982년 九堂 이범재 선생으로부터 사사 받음
1986년 '86예술대제전 四君子 特選
1988년 제6회 한국미술제 四君子 大賞
1986년 '전북예술회관' 개인전 (1986. 7. 4 ~ 7. 8)
1986년 예총회관 개관기념 86文協 詩. 書. 畫. 展 出品(1986. 9. 10 ~ 7. 14)
1988년 世宗文化會館 서울올림픽 汎市民參與 詩書畫展 出品
         (1988. 9. 14 ~ 9. 15)
1990년 安養文化藝術會館 無依託老人돕기 慈善書畫展(1990. 12. 10 ~ 12. 14)
1991년 全州藝術會館 宣敎墨蘭招待展(1991. 2. 2 ~ 2. 7)
1992년 南原新聞서울分室 不遇이웃돕기 墨蘭屛風展(1992. 1. 16 ~ 1. 18)
1993년 果川은파宣敎敎會 : 필리핀, 바기오, 크리스챤미션센타,
         建立特別宣敎聖句墨蘭招待展(1993. 4. 16 ~ 4. 17)
1993년 1994년도 墨蘭聖句 月曆製作(1993. 8) 柳井商社
1993년 宣敎聖句墨蘭招待展(은석교회 1993. 10. 14 ~ 10. 15)
1993년 1993年版 女流詩人集 第17卷〈白椿〉題字 씀(日本 葵詩書財團 刊)
1994년 1994年版 女流詩人集 第18卷〈砂棗〉題字 씀(日本 葵詩書財團 刊)
1994년 운현궁美術會館 文藝思潮名畫招待展 出品(1994. 9. 3 ~ 9. 6)
1994년 第13回日韓親善美術交流展 出品〈1994. 10. 14 ~ 10. 16〉
1997년 金始原 墨蘭展〈예총회관 1997. 7. 2 ~ 7. 6)

金始原 제3수필집

風多의 사랑에 흔들리는 능수매화

·

지은이 / 김시원
펴낸이 / 김재엽
펴낸곳 / 한누리미디어
디자인 / 지선숙

·

110-816, 서울시 종로구 부암동 185-5번지 4층
전화 / (02)379-4514, 379-4519
Fax / (02)379-4516
E-mail/hannury2003@hanmail.net

·

신고번호 / 제300-2006-61호
등록일 / 1993. 11. 4

·

초판발행일 / 2007년 9월 15일

·

ⓒ 2007 김시원 Printed in KOREA

·

값 10,000원

·

※잘못된 책은 바꿔드립니다.

ISBN 978-89-7969-312-6 03810